JE VOULAIS JUSTE RENTRER CHEZ MOI...

Patrick DILS

JE VOULAIS JUSTE RENTRER CHEZ MOI...

Propos recueillis
par Karen Aboab

Michel LAFON
PAUL FEREL

7-13, boulevard Paul-Émile Victor - Île de la Jatte
92521 Neuilly-sur-Seine Cedex

À mes parents,
à mon frère Alain,
et à tous ceux qui ont cru en moi
et qui aujourd'hui encore me soutiennent.

PRÉFACE

L'affaire judiciaire dont Patrick Dils a été l'acteur involontaire et la victime, et qui lui a valu de subir injustement quinze ans de détention, est unique à plusieurs titres.

D'une part, il s'agit du seul cas connu en France de révision d'une condamnation à la réclusion criminelle à perpétuité ayant été infligée à un mineur de seize ans.

D'autre part, il s'agit du seul cas où la révision, en elle-même déjà rarissime, est intervenue si longtemps – quinze ans – après la condamnation initiale, alors que le condamné était toujours détenu et avait déjà passé la moitié de sa vie en prison.

Ensuite, il s'agit du seul cas où après l'arrêt de révision, la nouvelle cour d'assises des mineurs désignée pour rejuger Patrick Dils, celle de la Marne siégeant à Reims, a recondamné, contre toute attente, l'accusé, alors que le parquet, pourtant chargé de soutenir l'accusation, avait requis l'acquittement.

Enfin, il s'agit du premier cas où un mineur devenu majeur a pu être jugé, non pas à huis clos, mais publiquement, du fait de la promulgation au printemps 2002 de la loi écrite et votée spécialement pour Patrick Dils, même si elle a vocation à s'appliquer à tout autre majeur placé pénalement dans la même situation juridique que lui.

Un tel gâchis, qui laisse perplexe l'opinion publique quant aux capacités de l'institution judiciaire du pays des droits de l'homme d'éviter les erreurs judiciaires ou, à défaut, de les réparer rapidement, interpelle tous les citoyens et aboutit à une réflexion plus générale sur les mesures législatives et humaines à mettre en œuvre très rapidement pour qu'un tel désastre institutionnel et un tel drame humain ne se reproduisent plus jamais.

L'expérience douloureuse et tragique de Patrick Dils doit permettre de prendre conscience qu'erreur judiciaire et démocratie ne sont pas compatibles.

Jean-Marc FLORAND
Docteur d'État en droit,
avocat à la cour d'appel de Paris.

– AVANT-PROPOS –

LIBRE, APRÈS QUINZE ANS D'ENFER

J'ai été accusé du plus ignoble des crimes, le meurtre de deux enfants, Alexandre Beckrich et Cyril Beining, en septembre 1986, à Montigny-lès-Metz. En d'autres temps, on aurait réclamé ma tête et on l'aurait sans doute obtenue. On m'a condamné à perpétuité. Parce que j'avais fait des aveux. Des aveux que la police m'avait extorqués. Il n'a jamais rien existé d'autre contre moi que ces aveux, bien que je me sois rétracté. Il n'y a jamais eu la moindre preuve matérielle de ma culpabilité. J'avais seize ans quand on m'a arrêté. J'étais le plus jeune condamné de France à une peine aussi lourde. J'ai passé quinze ans en prison. On m'a jugé trois fois. La dernière fois, le 24 avril 2002, les jurés m'ont acquitté. L'erreur judiciaire est réparée. Je suis libre et blanchi. Pour la justice, c'est fini. Pour moi, la vie est supposée commencer, à trente et un ans.

Je n'écris pas ce livre pour accuser. Je n'ai de haine pour personne, même si j'ai passé une grande partie de ma vie derrière les barreaux, même si j'y ai subi des humiliations et des tortures, morales ou physiques, que l'enfant que j'étais ne pouvait pas imaginer. Je ne suis animé par aucun esprit de vengeance.

J'écris ce livre pour témoigner. On m'a si souvent reproché d'être trop silencieux... J'écris ce livre pour que tout le monde sache que n'importe quel adolescent maladroit souffrant d'une timidité extrême fait un coupable idéal si des hommes forts le décident. Que c'est une pâte molle qu'on peut pétrir à sa guise. Qu'on peut faire dire à un gamin ce qu'on veut et l'envoyer en enfer. Je vais essayer de trouver les mots pour décrire ce calvaire. Dans l'espoir que les policiers et les juges réfléchissent à deux fois si pareille affaire se reproduit.

J'écris ce livre pour les familles d'Alexandre et de Cyril, parce que, dans ce drame, elles ont souffert encore plus que moi, parce qu'elles souffrent encore et qu'elles ont le droit de savoir comment et pourquoi un innocent est allé en prison à la place de l'assassin de leurs enfants.

Enfin j'écris ce livre pour mes parents et pour mon frère. Ils n'ont jamais douté de mon innocence et se sont battus pendant quinze ans, sans relâche, pour que je recouvre la liberté. Je ne sais pas ce que l'avenir me réserve ni si je saurai apprendre à vivre. Mais je sais que sans mes parents et mon frère, sans leur amour de chaque jour, je serais mort en prison, de désespoir. Je les en remercie. Ce livre leur est dédié.

– 1 –

UN COUPABLE IDÉAL

28 avril 1987 : locaux de la police judiciaire de Metz.

– Écoute, garçon... Maintenant, il faut que tu me racontes précisément ce que tu as fait ce dimanche...

Le policier qui m'interroge s'appelle Varlet. Cet homme me rend malade. Je n'arrête pas de me dire que ce petit monsieur trapu et bien en chair ne fait pas très attention à lui. Il me semble un peu négligé. Et puis il est nerveux. Il transpire et fume des clopes sans arrêt. Le cendrier est posé à quelques centimètres de moi. Il déborde de mégots. La fumée de cigarette me donne envie de vomir. Je déteste ça. Ce policier m'empeste. Il empoisonne mes poumons. J'étouffe...

– C'est pas compliqué, garçon, reprend Varlet, tu es rentré de la Meuse avec tes parents en fin d'après-midi, et après ?

Il a baissé le nez. Il me montre son crâne recouvert de petits cheveux crépus et grisonnants. Il a relevé la tête d'un coup et je vois que ses yeux brillent derrière ses grosses lunettes et sous ses sourcils broussailleux. Varlet est de plus en plus nerveux, même avec ses collègues. Il était 14 h 30 quand la police est venue me chercher à mon travail. Maintenant il est 20 heures passées et il n'a pas obtenu ce qu'il voulait.

– Tu es arrivé dans la rue, les enfants étaient vivants. Tu es reparti, ils étaient morts !

Cette phrase, il me la répète depuis près de six heures. Quand ce n'est pas lui, d'autres policiers prennent le relais. Ça me fait froid dans le dos de l'entendre tout le temps. Et je commence à réaliser quelque chose de terrible pour moi : je ne sortirai pas des locaux de la police sans que Varlet ait eu ce qu'il veut. Je me dis que je n'ai qu'un moyen de partir, c'est de dire ce qu'il veut entendre... « La » vérité que Varlet a fabriquée dans sa tête. Je sens que je suis dans un piège, mais je ne parviens pas à l'analyser, j'ai trop peur. Je n'ai que seize ans et je fais un bras de fer avec des policiers qui ont l'habitude de faire craquer des gangsters... Je comprends brusquement que Varlet veut que j'avoue quelque chose. Des aveux... Il m'a fallu six heures pour comprendre ça !

– Tu es arrivé dans la rue, les enfants étaient vivants. Tu es reparti, ils étaient morts !

Encore cette phrase ! Ça fait cent fois maintenant ! C'est horrible, l'effet qu'elle me fait. Quinze ans après, je l'entends encore dans ma tête. Un cauchemar.

– Alors, garçon, qu'est-ce que tu as fait après être rentré de la Meuse avec tes parents, en fin d'après-midi, ce dimanche-là ?

Le dimanche dont il parle, c'est le dimanche 28 septembre 1986. Il faut que je recommence à raconter, alors que voilà des mois que je détaille mon emploi du temps et que Varlet ne veut pas me croire... Je sais bien ce qu'il croit. Il veut que je lui dise que ce dimanche-là, j'ai tué les enfants !

*
**

Le dimanche 28 septembre 1986, deux enfants ont été sauvagement assassinés tout près de chez nous. Alexandre – un petit voisin – et Cyril, tous deux âgés de huit ans. Leurs crânes ont été fracassés à coups de pierres. Leurs corps ont été retrouvés sur le ballast qui borde la voie ferrée de Montigny-lès-Metz. À proximité de chez mes parents. Nous ne connaissions pas personnellement les familles, sauf les grands-parents d'Alexandre. Ce n'est pas très grand, Montigny, mais tout de même, c'est une ville, pas un village. Les gens qui habitent comme nous dans les pavillons de la rue Vénizelos ne se connaissent pas intimement. On se salue, c'est tout.

Les enfants n'ont pas été violés, mais l'un des deux avait le pantalon baissé sur les genoux. Ce n'est donc pas un crime sexuel, ni un acte prémédité. C'est un double meurtre crapuleux, gratuit, sans mobile, dont l'atrocité dépasse l'entendement. C'est l'œuvre d'un déséquilibré sanguinaire qui assassine pour son plaisir. Un sadique.

Quand le drame est révélé la France entière est bouleversée, d'autant qu'il arrive en 1986 et que la presse continue de parler de l'affaire Grégory depuis bientôt deux ans... Le crime de Montigny aggrave la psychose. Les parents sont terrorisés et n'osent plus laisser leurs enfants sortir seuls dans la rue... À Montigny, les badauds s'arrêtent devant les kiosques et lisent la une des journaux affichés. Ils sont silencieux, comme pétrifiés.

Plus le temps passe, plus la tension monte. Les médias mettent la pression : « Que fait la police ? »

En réalité, la police n'a pas grand-chose et surtout pas de trace d'un assassin. Elle a pourtant déjà cru mettre la main sur un coupable, deux fois de suite. Deux hommes qu'elle soupçonnait ont, chacun son tour, reconnu être l'auteur des crimes, mais ils se sont rétractés. Bien sûr, les policiers ne s'en vantent pas. Plus tard, quand on me reprochera d'avoir moi-même fait des aveux, il n'y aura pas grand monde pour se souvenir que je n'ai pas été le seul à en faire, dans les bureaux de la police. Pourtant, des aveux à répétition, c'est quand même plus que troublant. Surtout qu'il s'agissait d'adultes, beaucoup plus solides que moi, et qu'ils ont quand même « craqué ». On aurait pu penser que les inspecteurs en charge des interrogatoires avaient un sacré talent pour faire avouer les gens...

Toujours est-il que sept mois après le drame, l'enquête est encore au point mort. Les policiers sont montrés du doigt comme des incompétents. Ils doivent se dire qu'ils sont déjà passés à côté de deux « coupables » et qu'ils ont intérêt à ce que le troisième soit le bon. Pour couronner le tout, la juge d'instruction en charge du dossier est une femme jeune qui vient d'être mutée à Metz et qui doit faire ses preuves, elle aussi. C'est sa première grande affaire. Et le ministère public attend des résultats. Les familles des petites victimes vivent un enfer. Elles ont besoin de savoir qui, pourquoi, quand, comment, sans quoi elles ne pourront jamais faire le deuil d'Alexandre et de Cyril.

Il faut trouver l'assassin. C'est évident, mais on ne peut

pas dire que cette recherche se passe dans le climat de sérénité que réclame une justice équitable.

Moi, c'est le lendemain du drame que je rencontre pour la première fois ceux qui vont s'occuper de ces meurtres. Ils viennent d'hériter de l'affaire et enquêtent tout autour du lieu des crimes. Quelques instants seulement avant qu'ils ne sonnent chez nous, ma mère m'a annoncé la nouvelle de l'épouvantable tragédie. Je lui ai confié qu'en revenant de ma « pêche aux timbres », j'avais entendu dans la rue une voix de femme appeler « Alexandre ! » et celle d'un homme lui ordonnant de se taire. Ma mère ne me fait pas de commentaire, et quand une inspectrice se présente, avec un collègue, c'est elle qui leur ouvre la porte. L'inspectrice l'interroge :

– Madame Dils, vous êtes au courant de l'horreur qui est arrivée hier ? Nous procédons à une vaste enquête de voisinage. Avez-vous vu ou entendu quelque chose qui vous aurait intriguée ?

– Non.

À ce moment, je me trouve en haut de l'escalier. Naturellement, je descends rejoindre ma mère sur le pas de la porte. Comme toujours, je la suis partout où elle va. Je n'aime pas être loin de ma mère, surtout s'il y a des étrangers dans la maison. Quand j'entends qu'elle répond « non », je me dis que si elle n'a pas rapporté ma confidence à cette dame, c'est que celle-ci n'a pas d'importance. Ma mère est une grande personne, elle sait ce qu'elle a à déclarer aux policiers. Et puis moi, ils ne m'ont pas demandé si j'avais vu ou entendu quelque chose. Alors je ne dis rien.

Soudain, l'inspecteur regarde ma main droite, qui est bandée, et me demande :

– Qu'est-ce que tu t'es fait à la main, pourquoi elle est rouge ?

En fait, ma main n'est pas rouge, c'est le bandage qui est taché.

– J'ai des allergies. C'est de l'eczéma. C'est ma pommade et la teinture d'iode qui font ça.

Maman confirme, et les inspecteurs s'en vont. La police poursuit son porte-à-porte, interrogeant, paraît-il, plus de sept cents personnes. Mais elle n'a aucune piste fiable. Sur le procès-verbal rédigé après cette visite, il sera écrit : « R.A.S. chez les Dils. »

La semaine suivante, le 2 octobre 1986, ils viennent me trouver à mon travail. Sans prévenir mes parents, sans convocation préalable, ils ont juste téléphoné à mon employeur :

– Ici la police judiciaire. Dites au petit Dils qu'on va venir le chercher et l'emmener dans nos locaux pour un simple interrogatoire.

Selon eux, c'est la deuxième phase de l'enquête : vérification des emplois du temps des habitants du quartier.

– Patrick ! Prépare-toi, les flics vont venir te chercher à 14 h 30 pour t'interroger, m'avertit mon patron.

Je les attends sans inquiétude. J'habite la rue où les enfants ont été tués. Il est normal qu'ils me posent des questions. C'est donc dans les bureaux de l'antenne judiciaire de Metz qu'un inspecteur, l'inspecteur Varlet, m'entend officiellement pour la première fois. Là, il me demande de lui raconter ce que j'ai fait pendant ce week-end. Je réponds.

– J'ai passé le week-end dans la Meuse avec mes parents et mon frère. On est rentrés chez nous vers 19 heures. Après on a déchargé la voiture, je me suis mis en pyjama, je me suis lavé les mains et on est passés à table.

J'omets de dire que je suis allé « à la pêche aux timbres », comme je le fais souvent, dans les poubelles d'une entreprise située au bout de ma rue. J'y trouve régulièrement des trésors pour ma collection. Je ne le crie pas sur les toits parce que j'ai peur qu'on me prenne pour un fouille-ordures et qu'on se moque de moi. Sur le coup, je ne mesure pas l'importance de cette omission. Elle va être dramatique pour moi, car les inspecteurs sont au courant. Des témoins m'ont vu ce soir-là dans la rue Vénizelos. La rue des crimes...

L'inspecteur Varlet ne se prive pas de me mettre le nez dans mon mensonge. Je suis mort de honte. Il faut maintenant que je leur dise pourquoi je ne leur ai pas tout raconté. Ce que je fais. J'explique ma peur des moqueries et je raconte tout mon emploi du temps par le menu : pourquoi je suis sorti, combien de temps je suis resté dehors et, surtout, je rapporte ce que j'ai entendu. Il s'agissait bien des parents d'Alexandre qui, inquiets, cherchaient leur fils et son petit copain... Seulement voilà, les policiers sont sûrement persuadés que si j'ai menti une fois, je peux cacher autre chose de plus grave. Mais ils ne sauraient me suspecter pour autant, puisque j'ai un alibi.

En effet, lorsque j'ai entendu les parents appeler Alexandre, les enfants étaient certainement morts depuis plus d'une heure. C'est en tout cas ce que le médecin légiste a consigné dans son rapport ; je le sais par les journaux. Et une heure plus tôt, je me trouvais dans la voiture avec mes parents, au retour de la Meuse. Nos amis avec qui nous avions passé le week-end ont confirmé que nous venions de partir et que j'étais bien avec ma famille.

J'ai donc entendu appeler Alexandre. J'ai eu tort de ne pas le dire immédiatement aux policiers mais, finalement, mon témoignage ne change pas grand-chose à l'affaire : je ne peux pas être l'auteur des crimes.

Varlet, lui, dira au procès qu'il m'a suspecté dès le premier jour. Pourtant, rien ne me désignait alors comme suspect potentiel, absolument rien ! Et certainement pas le profil psychologique du tueur. Il ne correspond en rien au mien. On cherchait alors un monstre psychopathe, pas un jeune ado sans histoire. Un gamin !

Peu importe apparemment. Désormais, je suis dans le collimateur de Varlet. Le 17 décembre, je suis de nouveau interpellé, toujours sans convocation.

Quatorze ans plus tard, devant la cour d'assises de Reims, Varlet expliquera qu'en passant par hasard devant le restaurant où je travaillais, il s'est simplement dit : « Tiens, je vais voir si le petit Dils n'a rien de nouveau à déclarer. »

Il entre sans prévenir et me conduit pour la deuxième fois à la P.J. de Metz. Là, j'ai droit à un nouvel interrogatoire sur mon emploi du temps, qui n'a pas changé, évidemment. Je n'ai rien à ajouter, et mon alibi a été vérifié. L'entretien est bref. R.A.S.

Plusieurs mois s'écoulent... La police poursuit ses investigations et moi ma vie tranquille, entre la maison, mon travail et ma formation scolaire. Je vais à l'école de Metz pendant deux semaines et, la troisième semaine, je travaille comme apprenti cuisinier au restaurant La Crémaillère, à cinq cents mètres de chez mes parents. Je veux avoir un C.A.P. J'ignore alors que c'est en prison que je l'obtiendrai...

Plus tard, on demandera à mes parents si j'avais changé d'attitude pendant cette enquête. Ils attesteront que, tout au long de cette période, je n'avais jamais semblé troublé, ennuyé ou apeuré. Aucun cauchemar, ni crise de larmes, même pas un coup de cafard. Mon patron, au restaurant, confirmera leurs dires. Il avouera même au procès, non sans une certaine honte, m'avoir « chambré » à plusieurs reprises parce que la police était venue m'interroger. Lui et les autres employés se marraient, me titillaient sans cesse : « Eh, l'assassin ! Un tas de tripes pour la une... » « Eh meurtrier, on t'appelle en cuisine ! » Tout le monde rigolait. Moi le premier... À qui serait-il venu à l'idée, sérieusement, de m'imaginer en train de tuer des gens ? Des enfants, en plus !

*
**

La police est pourtant revenue me chercher, cet après-midi du 28 avril 1987. Et, cette fois, l'inspecteur Varlet ne me lâche plus.

– Alors, garçon ? Tu ne te souviens pas de ce que tu as fait ce dimanche-là ?

Bien sûr que si, je me souviens ! Pas à la seconde près, je n'avais aucune raison de chronométrer mes faits et gestes, mais assez précisément, et depuis le temps que l'inspecteur m'interroge, mon récit n'a pas varié d'un iota. Mais l'inspecteur Varlet ne veut rien entendre, ou plutôt rien croire. Alors, je recommence, inlassablement, encore et encore... Il me fixe. J'ai compris. Il s'impatiente, son ton se durcit.

Craintif, je reprends mon histoire...

– Je suis rentré du week-end passé dans la Meuse avec mes parents, il était environ 18 h 50. Je les ai aidés à décharger la voiture. Et puis, comme d'habitude, je me suis empressé d'aller aux timbres.

– Comment ça, garçon, aux timbres ?

– Eh bien, je vous l'ai dit : tous les dimanches, je me rends aux poubelles industrielles d'une entreprise, dans la deuxième partie de la rue Vénizelos. À peine à quelques centaines de mètres de chez moi. Là-bas, il y a une benne à ordures en ferraille dans laquelle ne sont vidés que les déchets administratifs, des papiers froissés, des enveloppes... Et moi je vais récupérer les timbres de ces enveloppes. Je suis philatéliste, comme maman. Elle collectionne les timbres depuis des dizaines d'années...

– Et après, garçon, qu'as-tu fait ?

Varlet est vraiment mécontent de m'entendre répéter la même chose depuis des heures, ça se voit. Et moi, cet interrogatoire m'épuise tellement que je ne comprends même plus le sens de ses questions.

– Après ? je réponds. Vous voulez dire quand je suis arrivé là-bas ? Eh bien... Lorsque je me suis trouvé devant la benne, le couvercle était fermé, je l'ai donc ouvert pour trouver mes timbres. Mais je suis resté bredouille. Il n'y en avait pas... Avant de partir, j'ai mis, comme d'habitude, un sac-poubelle dans la benne. C'est pour ma réputation, vous comprenez, monsieur l'inspecteur. Même pour chercher des timbres, c'est toujours gênant d'être vu en train de faire les poubelles. Alors chaque fois que je me rendais là-bas, j'emportais un sac plastique que je déposais dans la benne, comme si j'allais vider mes ordures.

Varlet, visiblement ennuyé par mon récit, me coupe une fois encore :

– D'accord, mais en dehors de ça, qu'as-tu fait d'autre ?

– J'ai refermé la benne, puis je suis allé me dégourdir un peu les jambes. Je venais de passer deux heures dans la voiture et, grand comme je suis, mes jambes étaient engourdies. J'ai remonté la rue Vénizelos. Là, j'ai vu une voiture dont les phares étaient allumés. Cela m'a permis d'apercevoir les deux petits vélos. Et là, j'ai entendu une voix de femme crier « Alexandre », le prénom de mon jeune voisin, puis une voix d'homme lui répondre : « Tais-toi. » C'est précisément à cet instant que je suis rentré chez moi en courant.

– En courant ? Pourquoi ?

– Parce que... parce que j'ai eu peur...

L'inspecteur lève un sourcil. Ça y est, je recommence à l'intéresser. Il me guette comme un chasseur qui veut sa proie. Cela fait des heures qu'il me traque, qu'il attend la faille. Mais je suis innocent et il n'y a pas de faille, bien sûr.

Il insiste :

– Pourquoi as-tu eu peur ? Comment peut-on être capable de faire du mal à des enfants et avoir peur...

C'est incroyable qu'il dise une chose pareille. Et c'est encore plus incroyable que je ne réplique pas à ce moment-là. Que je ne proteste pas violemment. Mais c'est ainsi... Je ne sais pas affronter un adulte. Ça n'est même pas concevable pour moi.

Aujourd'hui, quand je me rappelle cet interrogatoire, je comprends que j'ai eu affaire à un manipulateur. Mais quinze ans ont passé et je suis un homme, maintenant. Ce jour-là, du haut de mes seize ans, je vis mon premier face-à-face avec un représentant de l'ordre, intimidant et obstiné. Je ne suis pas de taille. La partie est perdue d'avance.

– Pourquoi as-tu eu peur ? reprend Varlet

– J'en sais rien, pourquoi j'ai eu peur... Les cris, le noir...

– Écoute, garçon, quelque chose d'autre t'a fait peur, non ?

– Non, il ne s'est absolument rien passé d'autre.

J'en ai marre qu'il amorce chacune de ses questions par « Écoute, garçon ». Je m'appelle Patrick. J'ai un prénom et même un nom. Je suis Patrick Dils. Pas son « garçon » !

Plus tard, lorsque la présidente du tribunal de Lyon le questionnera sur sa manière de m'interroger, Varlet répondra qu'il souhaitait me mettre à l'aise. Faire du « copinage », précisera-t-il. Eh bien non ! Son « Écoute, garçon... », balancé avec une autorité condescendante, a eu sur moi l'effet inverse. J'ai été terrorisé.

– Combien de temps t'es-tu absenté de la maison familiale ? me demande-t-il pour la énième fois.

– Environ cinq minutes.

À cet instant, le téléphone sonne. Une pause, enfin ! Cet homme me cuisine depuis des heures. Je vais pouvoir souffler un peu...

Avec la brutalité qui accompagne chacun de ses gestes, Varlet attrape le combiné :

– Allô !

Je ne sais pas encore qui est au bout du fil. J'observe de nouveau celui qui me harcèle sans répit. Mais, soudain, je comprends que c'est ma mère qui téléphone. Elle s'inquiète pour moi.

– Écoutez, madame Dils, hurle l'inspecteur, ici, c'est moi qui commande ! Je connais mon travail, ce n'est pas vous qui allez me l'apprendre !

À l'autre bout du fil, il semble que ma maman, elle, ne se laisse pas impressionner, mais se soucie de moi. Quoi de plus normal pour une mère que de s'inquiéter du sort de son fils, retenu dans les bureaux de la police judiciaire depuis des heures, suspecté de surcroît d'un double meurtre d'enfants ? Mais l'inspecteur n'a visiblement pas du tout envie de la rassurer. Ma mère insiste et le ton monte, de sorte que je peux l'entendre.

– Est-ce que vous croyez vraiment que c'est une heure pour interroger un mineur ? Il est plus de 20 heures !

L'inspecteur, qui de toute évidence n'admet pas qu'on lui dicte sa conduite, rétorque sèchement :

– Écoutez bien, madame Dils. Je vous répète qu'ici c'est moi qui commande. Vous n'avez absolument pas à juger de mes méthodes de travail ! J'interroge les gens quand je veux et comme je veux ! Vous n'avez rien à me dire ! Quant à votre fils, il sera interrogé le temps nécessaire, jusqu'à ce qu'il nous dise la vérité !

Énervé, bouillonnant, il raccroche le combiné. Je pense à nouveau que je ne sortirai pas d'ici si je ne dis pas à Varlet « sa » vérité. Celle qu'il me suggère. Je comprends ce qu'il veut et je commence à me dire que je « peux » lui raconter ce qu'il souhaite. La pression est de plus en plus terrible : Varlet a demandé main-forte à ses coéquipiers. L'étau se resserre, mais je résiste. L'interrogatoire devient de plus en plus dur, il m'est de plus en plus difficile de tenir le coup au milieu de cette valse d'hommes en uniforme qui entrent et sortent du bureau.

Je le rappelle : à ce moment-là, je ne suis qu'un môme, face à quatre policiers déterminés à me faire avouer un double meurtre que je n'ai pas commis.

– Tu es arrivé dans la rue, les enfants étaient vivants. Tu es reparti, ils étaient morts !

Ça recommence ! C'est épouvantable.

– Tu arrives, ils sont vivants, tu repars, ils sont morts ! Donc, ça ne peut être que toi qui les as tués !

– Non, je n'ai tué personne.

Mes réponses sont de plus en plus courtes. Je n'ai vraiment rien d'autre à ajouter. Ce n'est pas moi qui ai tué les enfants. Un point c'est tout. Et ils n'ont aucune preuve puisque je suis innocent. L'interrogatoire devrait s'arrêter là. Mais non, ça continue...

– On te répète que des gens t'ont vu près du talus, ce soir-là !

Aujourd'hui, je connais parfaitement mon dossier : ils

mentaient ! Aucun témoin ne m'a jamais vu près du talus. C'était de la pure invention pour me déstabiliser.

– Cela ne peut être que toi qui as tué ces pauvres gamins ! Même les parents qui étaient à la recherche de leurs enfants ne t'ont pas vu dans la rue. Tu ne pouvais donc qu'être sur ce talus où les petits ont été assassinés ! Il faut que tu parles et que tu nous dises la vérité sur ces meurtres !

Je n'ai même plus le temps de répondre aux inspecteurs qui se relaient pour me faire « cracher le morceau ». Ils enchaînent à toute vitesse les questions, les réponses, ils construisent seuls des dialogues où je n'ai plus rien à dire, sinon « oui, oui, oui... Oui, c'est vrai, oui ». Ils veulent que leur histoire devienne la mienne. C'est un véritable lavage de cerveau qu'ils me font subir.

Pendant trois jours et deux nuits de garde à vue, tous les moyens sont mis en œuvre pour me faire craquer. Je suis accablé, de plus en plus impuissant. Varlet me met plus bas que terre, avec une violence extrême, mais sans jamais me frapper. Je pense maintenant, avec le recul, que s'il m'avait battu, j'aurais peut-être réagi. Mais là, la méthode se révèle plus sournoise, lancinante, humiliante. Je suis démoli petit à petit. Usé par le flot de questions, je reste assis, hébété, accablé, terrorisé... Je suis seul, sans ma famille, sans avocat... J'ai seulement seize ans !

Les rapports psychiatriques diront que j'étais immature à cette époque-là. Huit ans d'âge mental, paraît-il. C'est possible, je n'ai pas les moyens d'en juger. Ce que je sais, c'est que j'étais un gamin calme, plutôt passif. Rien d'un loubard, qui ne se serait sans doute jamais laissé entraîner dans une galère pareille. Je ne connaissais rien de la vie, rien du monde des adultes. Je ne voyais pas leurs vices, leurs manœuvres, leurs mesquineries. Je n'étais pas armé pour déjouer leurs manipulations. J'avais même confiance en eux, les « grands ». Mes parents m'ont élevé dans le respect des personnes plus âgées, le respect de l'autorité. Varlet était d'un âge mûr et représentait l'autorité. Mes parents me disaient : « Il faut être poli, Patrick. » Se montrer poli revient la plupart du temps à dire aux adultes ce qu'ils veulent entendre, non ? Je n'étais pas rebelle, je voulais la paix, retrouver ma petite vie tranquille, mon petit boulot, ma petite famille... En clair, il n'était pas difficile de me faire plier.

Néanmoins, à la fin du premier jour, malgré la faim, la soif, la peine, la douleur, les humiliations, je continue à tenir bon. Mais je manque sérieusement de flancher quand je passe la nuit au dépôt, dans un de ces lieux sordides que je n'ai vus qu'au cinéma. J'ignore tout de la garde à vue, de ce qu'elle suppose de la part de ceux qui vous ont arrêté, même si l'on parle toujours de présomption d'innocence.

Et puis, ça recommence ! La première journée d'interrogatoire a été épouvantable, la deuxième est pire encore. Les inspecteurs continuent à se relayer, dans cette pièce irrespirable, tant elle est étroite et enfumée. Comme dans un film de série B, ils se distribuent les rôles. Bien entendu, Varlet, le bourru, tient le rôle principal. Celui du méchant. Le deuxième rôle est attribué à l'inspecteur Marchegay, le prétendu « gentil » aux méthodes beaucoup plus vicieuses, plus sournoises. Les deux autres, Daval et Kaminski, viennent à la rescousse des ténors quand ceux-ci relâchent la pression.

À un moment donné, las de m'entendre rabâcher mon innocence, ils font appel à un cinquième inspecteur. Celui-là tient le rôle de « l'homme de confiance », bien entendu. L'inspecteur Parachini est mon voisin, à Montigny. Enfin un visage à peu près familier, rassurant ! Avec lui, je reprends tout de zéro. Juste lui et moi, ou presque, les autres ne font qu'intervenir au cours de l'interrogatoire. Et ça dure encore des heures. Je n'ai toujours rien à ajouter.

C'est alors qu'ils trouvent, ou plutôt « inventent », une faille dans mon récit. Cette faille, ce sont mes parents. Il est facile pour les inspecteurs de deviner, en m'écoutant, que ce que disent mes parents est pour moi parole d'Évangile. Rien de ce qu'ils ont pu dire ne peut me nuire, ça ne me vient même pas à l'esprit. Il faut être vicieux pour imaginer de les utiliser contre moi. Eh bien, ils n'hésitent pas ! Ma mère a affirmé que je m'étais absenté moins de cinq minutes pour aller chercher des timbres dans les poubelles. Mais mon père a estimé approximativement mon absence à dix, voire quinze minutes. Il a dit cela sans crainte, évidemment, sans se méfier. Pourquoi donc se méfierait-il ? Il est certain de mon innocence : donc il n'a rien à cacher.

Aujourd'hui, je sais une chose : ce sont toujours les gens qui n'ont rien à cacher qui sont les moins précis sur leur emploi du temps. Les autres, ceux qui ont commis des délits, ont bien pris soin de mettre au point une chronologie sans défaut. Savez-vous combien de temps votre fils, frère ou mari, s'est absenté de chez vous le 28 septembre 1986 vers 19 heures ? Si vous n'avez rien à vous reprocher, la réponse est certaine : non, ou en tout cas pas à cinq minutes près. Eh bien c'est la même chose pour nous. Ma mère a dit moins de cinq minutes ; moi, cinq minutes environ ; mon frère, idem. Et mon père, lui, peut-être quinze. Qui peut s'étonner de ces approximations ? Personne, sauf les inspecteurs. Pour eux, il y a désormais un trou de dix minutes dans mon récit. Ils tiennent leur fameuse « faille » !

Et c'est le début de mon enfer.

– Alors, garçon, tu dis être resté cinq minutes dans la rue ? On sait pertinemment que c'est faux ! C'est ton papa qui nous l'a dit !

– Non, je vous répète que je ne suis pas resté plus de cinq minutes dans la rue.

– Écoute, garçon, on sait que tu es resté quinze minutes ! C'est ton papa qui l'a dit. Il ment pas, ton papa ! C'est pas nous, c'est lui qui le dit ! Tu comprends ça ? Ton *pa-pa* ! Ton papa il dit la vérité, lui.

Il exulte, devient tout rouge et me fait de plus en plus peur.

– Si c'est mon papa, peut-être que je suis resté plus longtemps que cinq minutes...

Que rétorquer d'autre ? Après tout, peut-être a-t-il raison. Et alors ? J'ai peut-être mis un peu plus de temps que je ne le croyais. Je trouve tous ces tatillonnages inutiles.

Pas Varlet. Pour lui, c'est clair : j'ai sans doute passé cinq minutes à chercher des timbres et à me dégourdir les jambes, mais il manque dix minutes à combler dans mon emploi du temps. Soudain plus calme, mais très ferme, l'inspecteur reprend :

– Ces dix minutes-là, qu'est-ce que tu as fait ? Il manque dix minutes !

Mais je n'en sais rien ! Je ne sais même pas si ces dix minutes ont existé. La seule chose que je trouve à répondre est que je ne me rappelle pas.

Mais ma réponse ne lui suffit pas. Il veut me piéger, il ira jusqu'au bout. J'en suis convaincu.

– Je ne me rappelle pas, insisté-je. Je ne peux pas me souvenir de quelque chose que je n'ai pas vécu !

La vérité, c'est que je suis persuadé de n'avoir passé que cinq minutes dans la rue. Je suis allé aux poubelles, j'ai marché vers chez moi, puis j'ai entendu les cris et je suis immédiatement rentré à la maison. Il ne m'a certainement pas fallu plus de cinq minutes. Mais maintenant que j'ai donné raison à la version de papa, il faut que je me souvienne de ces dix minutes de trop. Je me sens piégé, la tête me tourne. Je suis détruit par ce harcèlement... J'ai froid, je tremble... mon ventre se tord. Quasi vide depuis deux jours.

Je ne sais pas que la loi française exige qu'on apporte des casse-croûte en garde à vue. Moi, je n'ai eu pour repas qu'un morceau de pain sec et une portion de Vache qui rit. Et cela fait déjà deux jours complets que je subis cet acharnement dans les locaux enfumés de la police judiciaire. Je suis épuisé, nerveusement au bout du rouleau. C'est la fin de la journée, il est tard et Varlet n'a pas la moindre intention de me permettre de rentrer chez moi.

Contraint par la loi de me laisser me reposer, il me menace une dernière fois avant de me conduire au dépôt :

– Tu as toute la nuit pour réfléchir aux dix minutes.

Je ne l'écoute même pas, heureux de quitter cet immonde bureau qui me rend claustrophobe.

*
**

La deuxième nuit est encore plus infernale que la première. Bien que « présumé innocent », je subis des insultes, des brimades, et même des menaces de mort de la part des policiers. Des « gardiens de la paix », comme on les appelle. Il paraît que lorsqu'on est mineur, on a droit à un traitement de faveur. Voilà quel fut le mien...

Toujours flanqué de Varlet qui ne me lâche pas d'une semelle, j'arrive au dépôt. Je vais retrouver la même cellule sombre et minuscule que la veille, située au fin fond du sous-sol de la police judiciaire. Cet endroit est sordide, mais l'essentiel est que je puisse fermer les yeux quelques heures. Sans Varlet sur le dos. Même si je sais que, demain matin, il faudra que je trouve une « explication » à ce fameux trou de dix minutes. Je suis à la fois angoissé par cette idée, et soulagé de me reposer un peu. Être enfin tranquille ! C'est du moins ce que je crois. On me fait enlever mes lacets, puis ma ceinture, et l'on m'enferme – seul – dans la cellule où, malgré le désarroi dans lequel je me trouve, je parviens à m'assoupir.

Mais cet instant de répit ne dure pas longtemps. Soudain, je suis réveillé par des bruits qui ressemblent à des éructations. Au début, je ne comprends pas. Ensommeillé, j'ouvre un œil... Et je vois défiler les policiers devant ma cellule ! Ils me regardent comme une bête fauve. Chacun y va de son petit commentaire, et de ses ordres abracadabrants. Ils vont s'en donner à cœur joie.

– Assis ! Debout ! Couché ! m'ordonne le premier.

Je m'exécute. Oui, je m'exécute ! Parce que je suis quelqu'un de simple (la prison aura tout le temps de me dépouiller de mon hallucinante naïveté), parce que ce sont des représentants de l'ordre et que je crois devoir leur obéir, même si être traité comme un animal de foire me met au bord de la nausée. Je subis tout sans rien dire, mais je ne suis pas stupide au point de ne pas comprendre que l'attitude de ces policiers tient au fait qu'ils connaissent les raisons de ma présence ici. Or ces hommes n'ont rien à voir avec l'enquête. Ils ne font pas partie de l'équipe « Varlet » et ne devraient normalement pas savoir pourquoi je suis interrogé. Et pourtant...

– Tueur d'enfants ! Tu mérites la mort ! Enculé ! Crevure ! Tu vas voir ce que l'on fait subir aux meurtriers d'enfants ! Si j'avais été de service ce soir-là, je t'aurais buté !

Je me dis que ces hommes sont fous. Ils ont tout simplement perdu la tête. Comment peuvent-ils m'insulter si violemment, moi qui n'ai jamais fait de mal à personne ? La violence, connais pas. Ou plutôt, pas encore...

– Assis ! Debout ! Couché !

Telle une bête au dressage, je continue de m'exécuter. Ces invectives et cette haine me terrifient. Ils pestent, se moquent, rigolent et, surtout, je vois bien le plaisir sadique qu'ils y prennent.

Voilà dans quelles conditions je me « repose » pour être

« frais et dispos » le lendemain matin. Soit cinq heures plus tard.

*
**

Le troisième jour, c'est l'inspecteur Marchegay qui vient me chercher. En le suivant pour rejoindre le premier étage, j'ai la trouille au ventre. Pourtant, cette nuit, à travers les cris et les insultes des gardiens, je me suis raisonné : je suis innocent, c'est bien là ma seule certitude. La police, en France, est là pour protéger les citoyens. De plus, ils n'ont aucune preuve contre moi, bien entendu. Donc, Patrick, dis-toi qu'on ne met pas les gens en prison pour rien. Ça n'existe pas ! Les hommes de l'ordre peuvent avoir leurs défauts, manquer d'humanité, mais « la police » ne peut pas se tromper ! Je vais donc rentrer chez moi ce soir, bien manger, voir mes parents, pleurer, tout leur raconter... Et demain matin, j'irai travailler. Pas une seconde je n'imagine que mon nom va devenir synonyme de l'une des plus dramatiques « erreurs judiciaires » qu'on ait connue. À l'époque, d'ailleurs, je n'ai même jamais entendu cette expression.

Arrivé au premier étage, alors que je m'attends à réintégrer le bureau de l'inspecteur Varlet, Marchegay me conduit jusqu'au réfectoire. C'est une salle dans laquelle les policiers déjeunent, prennent leur café et discutent. Une sorte de salle de détente.

– Garçon, tu veux un café, un chocolat ?

Marchegay, poli, m'offre ainsi un petit déjeuner. Il est 7 heures du matin. Le procès-verbal indique que l'interrogatoire débute à 10 heures. Effectivement, à 10 heures, dans son bureau. Mais en fait il commence trois heures plus tôt, au réfectoire.

Je réalise aujourd'hui ce que ma candeur m'a empêché de voir à l'époque. Plus que jamais déterminés à me faire avouer ces meurtres, les inspecteurs ont fini par se dire qu'il fallait essayer de changer de méthode. Et si, au lieu de me terroriser, on tentait de m'amadouer ? Là aussi, il leur faut trouver une faille. Ce sera la cuisine et mon goût pour la philatélie. Voilà pourquoi l'inspecteur m'a conduit au réfectoire : pour parler timbres et cuisine. Fin psychologue...

En m'entretenant longuement de mes deux passions, allant même jusqu'à me féliciter pour mes talents de cuisinier, Marchegay me met en confiance. Quand nous remontons dans son bureau, je me sens plus détendu, rassuré.

Erreur ! Aussitôt il attaque, sur un ton familier :

– C'est bien gentil, tout ça, mais maintenant revenons aux fameuses dix minutes ! Que s'est-il passé durant ces longues minutes ? J'ignore toujours ce que tu as fait pendant ces dix minutes ! Alors ?

– Je ne sais pas plus qu'hier ce que j'ai fait pendant ces dix minutes, balbutié-je, craignant que sa fureur ne s'abatte sur moi.

– Écoute, garçon, reprend Marchegay...

Qu'ont-ils tous à m'appeler « garçon » ? Voilà qu'après Varlet, c'est Marchegay qui s'y colle ! À cette différence près que lui alterne « garçon » et « gamin ».

La pièce est tout aussi enfumée que celle de Varlet. Marchegay fume la pipe. Il me fait penser à l'inspecteur Maigret. Soudain il se lève et se plante en face de moi, de l'autre côté du bureau. Où va-t-il aller ? Que va-t-il me faire ? Derrière lui, une vitrine minable, de vieux objets poussiéreux... J'aimerais tant qu'il recule, qu'il aille y chercher quelque chose, qu'il s'éloigne enfin de moi. Mais non. Je le vois qui se rapproche du bureau sur lequel, là encore, un cendrier empeste, plein du tabac de la veille. Il s'appuie sur cette table de travail, se penche vers moi, retire la montre de son poignet, plante ses yeux dans les miens et me dit :

– Écoute, gamin. Tu sais, dix minutes, c'est long. C'est très, très long... En dix minutes tu as pu en faire, des choses ! Tu ne vois toujours pas ?

– Non, je ne sais pas...

– Alors voilà ce qu'on va faire : pendant dix minutes, on ne va pas parler, et dix minutes, je te le répète, c'est extrêmement long, tu verras...

Sur ce, il pose sa montre sur le bureau, puis se tait.

Effectivement, pendant dix minutes, nous ne disons pas un mot. Ni lui, ni moi. Et dix minutes, c'est vrai, c'est long. Sans doute pas assez pour enlever la vie à deux pauvres enfants croisés par hasard, mais suffisamment pour que le silence me glace jusqu'aux os. D'autant que Marchegay ne me quitte pas des yeux. Il est assez jeune, environ trente-cinq ans. Pas très grand et plutôt mince, il dégage néanmoins une réelle puissance. Son visage émacié et ses cheveux noir corbeau renforcent cette impression. Et, face à lui, j'ai toujours le rôle du coupable. Il n'y a rien à faire, l'opinion des policiers n'a pas changé depuis trois jours. Pourtant, ils n'ont rien. Absolument rien contre moi. Une simple conviction, diront-ils plus tard au procès. Une conviction fondée sur du vent.

Les aveux sont la « reine des preuves » pour les policiers, surtout lorsqu'ils n'ont rien contre un suspect. Je l'ai su plus tard mais, à ce moment-là, j'ignore ce que « faire des aveux » signifie légalement. Je n'ai pas la moindre idée des conséquences que ça peut avoir. Dans ma naïveté, mon immaturité, sans parler de la fatigue et de la peur, je me convaincs simplement que ces hommes ne me lâcheront pas tant que je ne leur aurai pas dit ce qu'ils souhaitent entendre. Je veux rentrer chez moi, retrouver mes parents. Varlet l'a bien expliqué à ma mère au téléphone : « On ne laissera pas partir votre fils tant qu'il ne nous aura pas dit la vérité. » Alors, je vais dire ce qu'ils veulent. Je ne vois aucun autre moyen de sortir de cet enfer. Si j'avais pu imaginer qu'il existait un délai au-delà duquel ils étaient tenus de me libérer, je n'aurais sans doute pas craqué. Mais ça non plus, je ne le sais pas. Je crois qu'ils peuvent me cuisiner aussi longtemps qu'ils le voudront. Or la pression qu'ils exercent sur moi devient trop forte, et je ne supporte plus les humiliations constantes...

À l'instant même où Marchegay remet sa montre au poignet, je me décide à jouer le jeu. Leur jeu. L'inspecteur m'y aide autant qu'il peut.

– Écoute, garçon, quand tu nous dis que tu as cherché des timbres, tu nous dis la vérité ! Lorsque tu nous dis t'être dégourdi les jambes, c'est la vérité ! Et qu'est-ce que tu vois ? Deux petits vélos ? C'est bien ça ?

– Oui.

– ... Tu vois les deux vélos. Tu es un grand garçon, quelqu'un d'intelligent, de sensé ! Tu te dis qu'à 19 heures, le soir, deux petits vélos sans leurs propriétaires, c'est pas normal. Tu es inquiet !

Il enchaîne son récit, clairement, mais à vive allure. Comme si chaque fois que j'opine, c'est toujours ça de pris. Une victoire pour son camp. Pourtant, je n'ai encore rien dit. J'acquiesce en silence, rien de plus.

C'est là que tout a véritablement basculé... De « Écoute, garçon », il est passé à : « Écoute, garçon, supposons, mais ce ne sont que des suppositions... »

– Imaginons... J'insiste, ce ne sont que des suppositions... Inquiet, tu pars à la recherche des propriétaires des petits vélos. Tu montes sur le talus... Imaginons... Je dis bien imaginons, ce ne sont que des suppositions. Arrivé sur le talus, tu vois les wagons sur ta droite, et là tu aperçois les enfants. D'ailleurs tu reconnais l'un des deux, c'est ton petit voisin. Suppose que comme tu le reconnais et que tu es très poli, tu lui dises : salut ! Imaginons, ce ne sont que des suppositions... Ce sont des enfants pleins de vie, ils sont mesquins, et ils se moquent de toi ! Ça t'ennuie, tu détestes qu'on se moque de toi. Peut-être ont-ils rigolé de la couleur carotte de tes cheveux, de ton grand nez, ou bien de ta drôle de démarche, ou peut-être qu'ils t'ont vu faire pipi, ou caca, ou alors c'est toi qui les as vus jouer à touche-pipi ou je ne sais quoi... On peut tout imaginer, ce ne sont que des enfants. Là, énervé, qu'est-ce que tu fais ? Tu prends une pierre...

Complètement ahuri, je l'écoute me raconter cette histoire insensée. Mais j'essaie tout de même de me souvenir de tout ce qu'il dit. Je sais pertinemment que je vais être obligé de répéter cet aberrant récit, et si je veux sortir, il faut que j'enregistre...

– Donc, énervé, tu prends une pierre... Ne proteste pas, ce ne sont que des suppositions. Tu as la pierre en main, tu veux leur faire peur, tu veux les effrayer, rien de plus, je le sais bien. Malheureusement, tu en blesses un. Complètement paniqué, tu ne sais plus quoi faire ! Imaginons, je répète, imaginons... Tu prends une deuxième pierre, tu frappes le deuxième gamin parce que tu es perdu, tu es dans le plus grand désarroi. Tu cherches une grosse pierre pour terminer le travail, et tu le termines ! Puis tu longes les wagons, tu repasses à travers les voies ferrées, tu redescends le talus et tu rentres chez toi en courant !

J'essaie de visualiser, hagard, ce scénario inventé de toutes pièces. Un film qui n'a jamais existé, des gestes que je n'ai jamais faits. Je n'ai pas croisé les enfants ce soir-là ! Mais je n'en peux plus. Je ne veux plus entendre ces horreurs, je suis exténué, je veux aller dormir...

– Et là, gamin, comme tu nous l'as si bien dit, tu montes dans ta chambre au deuxième étage, tu te changes de la tête aux pieds, tu te mets en pyjama, et tu te laves les mains. Tu t'aperçois sans doute que la couleur de l'eau est un peu rosée, un peu sale, à cause du sang et de la terre, mais bon... Puis, comme tu nous l'as très bien dit, et là on sait que c'est la vérité, tu descends et rejoins tes parents à table pour le dîner. Ensuite vous passez une soirée normale. Alors, garçon, c'est pas ça ?

Il mélange maintenant mes dires et ses inventions afin que son récit tienne la route, jusqu'à devenir plausible.

– Tu te rends compte, pavoise-t-il, elles sont bien là, les dix minutes ! En dix minutes, tu as pu faire tout ça !

J'hésite. Je n'arrive pas à dire « oui, c'est ça ». Ma gorge est nouée, les mots ne sortent pas. Pas ceux-là. Comment pourrais-je oser dire que j'ai tué ces enfants ? C'est immonde ! Je suis en nage...

– Écoute, garçon, ce que tu as fait là, ce n'est pas grave ! C'est un accident, tu n'as jamais eu l'intention de les tuer ! Tout le monde peut comprendre un accident, il suffit que tu nous le dises, que tu nous l'expliques. Une fois que tu nous auras tout raconté, tout expliqué, tu pourras retrouver tes parents, tu pourras retourner à ton travail. Comme avant.

Il vient de prononcer la phrase magique. Magique pour lui. Terrible de conséquences pour moi mais sur le coup magique aussi : il me suffit de répéter ses paroles pour rentrer chez moi. Il ment comme il respire, mais je n'imagine pas qu'il puisse mentir sur un sujet pareil.

– Alors, garçon, c'est ce que tu as fait, hein ?

Et brusquement, ça sort de moi.

– Ben... si ! C'est comme ça que j'ai fait.

– Alors c'est toi qui as tué les enfants à Montigny-lès-Metz ? C'est bien toi ? Ça s'est passé comme je viens de te le raconter ?

– Ben oui !

J'ai avoué.

On se dira qu'il faut être complètement attardé ou débile pour avouer un double meurtre que l'on n'a pas commis. Pas nécessairement ! Encore une fois, rappelons que les deux hommes qui avaient précédemment reconnu les meurtres étaient des adultes en pleine possession de leurs moyens. Et pas plus coupables que moi... En plus, je suis à l'époque d'une naïveté qui dépasse l'entendement. D'abord, j'ignore ce que ces aveux vont entraîner pour moi. Et pour l'heure, je suis sûr que les policiers vont bientôt se rendre compte que j'ai menti et qu'ils vont me ficher la paix. Ou, sinon, mes parents vont leur expliquer que j'en ai eu ras le bol de leur pression, et que je suis innocent. Pour moi, toute cette histoire doit se régler entre adultes. On va certainement me réprimander parce que j'ai raconté des sornettes, mais c'est tout. À la fin, les policiers vont dire : « Bon, d'accord, on arrête, c'est pas lui. » Je n'ai même pas aujourd'hui la consolation de me dire qu'il fallait être stupide pour penser ça. J'avais juste une vision du monde totalement déconnectée de la réalité. Je ne voyais pas le mal. Je ne savais même pas où il pouvait se nicher.

Bien sûr, rien ne se passe comme on me l'a promis. Auprès de Marchegay, j'ai tressé la corde pour me pendre. Ou j'ai creusé ma tombe, comme on voudra, et on va m'y enterrer vivant. Dans le bureau de Varlet d'abord, puis dans celui du juge d'instruction.

À peine ai-je dit « ben oui », en effet, l'inspecteur Marchegay me prend par le bras, et nous traversons le couloir direction Varlet. La porte s'ouvre. Varlet est occupé à lire des procès-verbaux. Marchegay n'hésite pas une seconde à déranger son chef.

– Ça y est, c'est bon ! Il a avoué les meurtres de Montigny ! C'est lui !

Varlet relève la tête et me regarde fixement. Il affiche un petit sourire narquois que je n'oublierai jamais. Assis face à lui, je répète l'histoire si bien « supposée » par l'inspecteur Marchegay. Je veux être le plus juste possible dans mes propos. Je sais que s'ils ne sont pas crédibles, Varlet me cuisinera encore et encore, et je n'ai qu'une idée en tête, qu'il me fiche enfin la paix !

Plus je mens, plus je me sens mal. Je suis totalement dépassé par les événements. Je spécule, j'invente... Une histoire macabre, certes, mais une histoire quand même, pour qu'ils me laissent enfin tranquille. Et ils m'aident ! Marchegay a « supposé » l'accident, Varlet, lui, me « suggère » les détails du drame.

– T'as vu les vélos, ils étaient au bord de la route, et tu es monté sur le talus par le petit chemin.

– Oui, j'ai vu les vélos et je suis monté par le petit chemin.

S'il ne m'avait pas précisé par où j'étais censé accéder au talus, j'aurais été incapable de le dire. Et pour cause, je ne suis jamais monté de ma vie sur ce talus. Je ne sais pas qu'il existe un « petit chemin ». Pour le reste, juste derrière l'inspecteur, scotché au mur, il y a un plan des lieux du crime, de deux mètres de large sur un mètre de haut, avec des annotations parfaitement lisibles. J'ai donc face à moi tout ce qu'il faut pour donner des précisions : l'emplacement des wagons, des corps des petites victimes, de leurs vélos abandonnés, les lampadaires, le trajet supposé du meurtrier... Tout est indiqué ! Je raconte leur histoire comme je résumerais un film dont le scénario m'a été mis sous les yeux.

– Tu es passé par où ? Entre quel et quel wagon ?

Pendant que Varlet me pose sa question, je regarde le plan. La réponse y figure clairement.

– Eh bien, je suis passé entre la première et la deuxième rame.

– Qu'est-ce qu'il y avait entre ces deux rames ?

– Un lampadaire ?

– C'est ça.

Ouf ! Je fais vraiment tout pour que mon récit soit crédible. Je ne pense plus qu'à une chose : dire ce qu'ils veulent sans me tromper pour ne pas avoir à recommencer... Et rentrer à la maison ! Encore une fois, ils m'aident. En évitant de me poser certaines questions essentielles. Ils ne me demandent pas comment les enfants étaient habillés, par exemple. Et pourtant, là, je serais bien sûr incapable de répondre et ils verraient que je mens. Mais peu leur importe ! De toute manière ils ont déjà des aveux « circonstanciés ». Plus qu'il n'en faut pour me boucler. Seule l'absence de mobile les gêne. Pourquoi aurais-je sauvagement assassiné ces gosses ? Même eux ne parviennent pas à trouver une raison valable alors qu'ils m'accablent depuis plusieurs jours. La folie pourrait expliquer cet acte. Mais les experts seront formels : je ne suis pas fou. Ni même un brin dérangé. Juste immature...

Une fois le procès-verbal rédigé, Varlet me tend chacune des pages, le doigt sur l'endroit où apposer ma signature. Sans lire, je signe. Trop pressé de rentrer chez moi.

Alors Varlet se lève, fait valser sa chaise. Elle se renverse avec fracas. Il arrache le plan cadastral du mur et, sans me quitter des yeux, il pousse un cri de joie :

– Ça y est, je tiens un coupable !

Eh oui ! Il n'a pas dit « le » coupable, mais « un » coupable.

– Il en est ainsi depuis la nuit des temps, me dira-t-on plus tard. Quand un malheur devient insupportable à la société, il faut un bouc émissaire. Un coupable.

Mais à ce moment-là je suis sûr que tout le monde va se rendre compte que je viens de raconter n'importe quoi en m'attribuant ces horreurs. Même si Varlet pavoise, avec dans sa main le plan qu'il vient de déchirer, devant sa chaise renversée. Ce qui est incroyable, c'est que dans ma tête je me dis : « Je l'ai rendu heureux, cet homme-là ! » Ahurissant ! Je suis content au fond de moi... Personne ne peut imaginer, avant d'y passer, ce que la panique, la fatigue, l'angoisse, l'ignorance fabriquent comme cocktail chimique dans le cerveau d'un adolescent. C'est ça, la manipulation, ce n'est pas seulement une bonne grosse ruse de flic pour faire avouer. C'est un viol mental qui devrait être puni comme le viol physique, parce que ça laisse les mêmes traces et les mêmes traumatismes.

En effet, Varlet est content, mais il n'a pas du tout l'air de vouloir me faire plaisir à son tour – au contraire –, même s'il me parle aussitôt de mes parents.

– Maintenant, garçon, il faut le dire aux parents. Je leur dis ou tu leur dis ?

– Non, je préfère le faire moi-même.

Ça y est ! Je vais enfin pouvoir tout raconter à papa et maman, leur décrire ce que j'ai subi pendant trois jours. Ils vont comprendre ce qui s'est passé. Et là, ils vont s'arranger avec Varlet. Ça me donne envie de revenir tout de suite sur mes « aveux », pour éviter des discussions entre la police et mes parents et peut-être des cris et des coups de colère contre moi, mais je ne le fais pas. J'ai trop peur que Varlet ne se déchaîne à nouveau, et c'est la chose que je souhaite éviter le plus au monde.

L'inspecteur décroche le combiné.

– Madame Dils, Varlet à l'appareil, on vous attend à la P.J.

Le temps me semble extrêmement long entre ce coup de fil et l'arrivée de mes parents. Je reste assis là, désorienté, j'ai l'impression que le sol se dérobe sous mes pieds. Je réalise quand même que ce que je viens de prétendre à mon sujet est abominable : j'aurais tué des enfants en leur tapant sur la tête avec des pierres. Rien que d'y penser, ça me donne envie de vomir ! Et surtout, j'ai honte. J'ai peur. Les hommes à qui j'ai dit ça me croient. Ils pensent tous ici que je suis un monstre, alors que je suis une victime. Je transpire et j'ai froid. Je suis si sale. Je ne me suis pas lavé depuis trois jours, je sens mauvais. Vivement que mon père et ma mère viennent me tirer de là.

En fait, quand ils arrivent, on ne me laisse voir que ma mère. Encadrée par tous les policiers qui m'ont interrogé, elle ne sait pas encore ce qui l'attend... Varlet m'attrape par le bras. Je me lève. Sans me lâcher, l'inspecteur prend la parole :

– Dis à ta maman que c'est toi qui as tué les enfants ! Dis-lui comment tu as fait !

Moi qui espérais me trouver enfin seul avec mes parents, les policiers sont là, ils sont tous là, et je n'ose pas les défier. Même devant maman ! Tant pis, je lui dirai plus tard que ce n'est pas moi, quand on sera seuls tous les deux à la maison. Comme ça, Varlet ne pourra pas s'énerver contre moi.

– Oui, maman, c'est moi qui ai fait le coup.

Elle ne me croit pas, bien sûr. Pas une seule seconde elle n'a cru cet immonde mensonge. Elle me connaît mieux que quiconque ; il lui a suffi de me regarder dans les yeux pour comprendre.

– Arrête, Patrick ! On t'a interrogé trop longtemps. Ce n'est pas possible, on t'a fait dire n'importe quoi !

Au moment même où maman tente de me raisonner, Varlet stoppe la conversation, m'arrache à ma mère et, manu militari, me fait traverser un long couloir. Je me retourne pour voir encore ma maman et lui lancer un dernier regard désespéré qui signifie : « Aide-moi ! » Puis sa silhouette disparaît. Varlet marche vite et m'entraîne. Sa main serrée sur mon avant-bras, il me conduit vers une destination inconnue quand, soudain, j'aperçois mon père. De ma vie, je n'oublierai cette vision. Il était là, seul, assis dans une salle d'attente, perdu dans ses pensées. Il m'a paru avoir vieilli de dix ans en trois jours. Les policiers n'ayant pas averti mes parents de mon interpellation, je n'ai même pas pu l'embrasser avant d'aller travailler, ce matin-là... Cette pensée me hante : voir papa si désespéré, voûté, la tête entre ses mains, me donne envie de le serrer fort, très fort dans mes bras. Mais cela n'entre pas dans les plans de l'inspecteur Varlet. Il ne me lâche pas. Je n'embrasse pas mon père, je ne peux même pas lui adresser la parole.

« Si tu nous dis que c'est toi qui as tué les enfants... c'est un accident... c'est pas grave... tu vas nous expliquer... après tu rentreras chez tes parents et demain tu iras travailler... comme avant. » Ils m'ont si bien menti ! Ils ont si bien compris que je voulais juste rentrer chez moi et qu'avec cette promesse, la fatigue et l'humiliation aidant, je dirais tout ce qu'ils voudraient... Je regagne ma cellule...

Et contrairement à ce que j'ai imaginé dans ma tête de gosse, je ne rentrerai chez moi que dans quinze ans.

– 2 –

POURQUOI MOI ?

J'étais destiné à une vie ordinaire. Et je trouvais ça très bien. Chez les Dils, on n'a jamais eu la folie des grandeurs. Quant à la célébrité, ça ne me préoccupait pas du tout. J'ignorais qu'elle viendrait à ma rencontre, de la pire manière qui soit.

Je suis né le 30 juin 1970, à Longeville-lès-Metz, dans l'est de la France. De ce jour jusqu'à mon incarcération j'ai vécu dans la même maison, à Montigny-lès-Metz, une petite bourgade tranquille, à proximité immédiate de Metz. J'y ai passé les seize premières années de ma vie. Dans le calme et sans fantaisie.

Mes parents sont des gens modestes et travailleurs. Ma mère était sténodactylo à la Direction départementale de l'action sanitaire et sociale jusqu'à ma venue au monde. Elle a quitté son emploi pour nous élever, moi, puis mon frère cadet. Maman est le genre de femme qui se consacre à sa famille. Elle ne vit que pour ses enfants et son mari. Rien que pour eux. Elle ne s'accorde jamais aucun plaisir personnel. Tout pour nous. C'est sans doute la personne qui a eu le plus d'influence sur moi. D'ailleurs, on me dit toujours que je suis son portrait craché. Physiquement, certes, mais nous avons aussi en commun certains traits de caractère. Plutôt froide, maman n'extériorise jamais le moindre sentiment. Moi non plus. Forcément, c'est une chose qu'elle ne m'a pas apprise. Elle est en outre persévérante, tenace, déterminée. Ces qualités-là, je ne les avais pas à seize ans... J'aurais tellement voulu être fort comme elle ! Or j'étais faible. Trop protégé, peut-être.

Mon père, lui, est plus sensible, plus chaleureux aussi. Mais toujours dans la retenue. Il n'a pas eu l'existence facile, pourtant je ne l'ai jamais entendu se plaindre. Il a travaillé dur toute sa vie. Ouvrier spécialisé d'abord à la Sollac puis chez Citroën, il y a mené toute sa carrière jusqu'à la retraite. Malgré un salaire pour quatre, nous ne manquions de rien. En tout cas pour ce qui est de l'essentiel, et ça nous suffisait. Nous n'allions au restaurant que les jours d'anniversaire. Ces jours-là, mon père nous offrait ce plaisir rare. De vrais moments de fête ! Nous en profitions alors bien plus que les habitués. Quant aux vacances, nous n'en étions pas privés non plus, mais c'était une fois par an, et au camping. Tous les quatre en pleine nature, nous étions heureux...

Chez les Dils, on ne gaspillait pas l'argent inutilement. On ne vivait pas au-dessus de ses moyens. Cela m'est resté, comme toutes les valeurs que mes parents m'ont inculquées et qui ont fait de moi le garçon que j'étais lorsque la police est venue me chercher. Honnêtes et droits, mes parents m'ont appris à respecter les institutions. Sans doute leur rang social ne les incitait-il pas à défier l'ordre établi. Chez nous, on a toujours respecté les « grands de ce monde », ceux qui étaient un rang au-dessus de nous, les « inaccessibles ». Une famille d'ouvriers ne tient pas tête à la justice, à la police, aux mieux lotis. Elle leur fait confiance...

Voilà d'où me venait la naïveté qui me caractérisait. À seize ans, on ne pouvait même pas dire que j'étais un adolescent. J'étais encore un enfant. Les psychiatres l'ont confirmé. Pas demeuré, pas débile : simplement en retard. Et souffrant d'une timidité hors du commun, doublée d'un comportement maladroit. Je sais désormais qu'il existe des foules de gamins dans le même cas que moi, qui s'affirment plus tard que les autres, sans pour autant rater leur vie. Mais à l'époque, le décalage entre mon allure de grand dégingandé et ma timidité maladive me causait beaucoup d'ennuis. J'ai vécu une enfance partagée entre la souffrance à l'école et le bonheur à la maison. Les autres gamins se conduisaient durement avec moi. Ils se moquaient sans cesse de mon physique. Je n'étais pas beau et le pire est que j'en avais conscience. Mon grand nez, ma grande taille, ma démarche bringuebalante, la couleur rousse de mes cheveux n'avaient rien pour séduire. Et je ne faisais pas grand-chose pour que cela s'arrange. Renfermé, peureux par nature, je me suis toujours laissé faire. Petit déjà, j'avais appris à me taire. Jamais je ne répondais aux insultes des gosses de mon âge. Mais c'est en grandissant que j'ai vraiment commencé à en souffrir. D'abord à cause de mon côté « asperge ». Grand par la taille, petit dans ma tête. À l'école, mes camarades me bousculaient dans les couloirs : « Fil de fer, canard, rouquin, pas beau, t'es moche ! » Qu'est-ce que je pouvais répondre ? Je détestais me battre, et puis ils avaient raison : j'étais moche, j'étais maigre, j'étais faible, je n'avais qu'à subir. Cette tendance à la soumission me vaudra en prison des expériences abominables... À l'école, je ne me révoltais pas. J'étais incapable de répondre aux insultes. Alors mes camarades en rajoutaient : « Le chouchou, il ne sait pas se défendre ! Il va encore aller chialer dans les jupes de sa mère ! » Effectivement, je n'avais qu'une hâte : rentrer à la maison le soir et me plonger dans ce cocon familial protecteur et si rassurant. Chez moi, rien ne pouvait m'atteindre.

J'aimais la compagnie de ma mère. Je partageais ses passions : la philatélie, la cuisine. Et puis nous construisions des maquettes, nous assemblions des puzzles durant des heures... Je me régalais. Je n'étais pas un enfant malheureux, mais un gamin solitaire. La méchanceté de mes camarades de classe me poussait à me renfermer sur moi-même. Mes loisirs, si différents des leurs, m'éloignaient d'eux, de plus en plus. Comme tous les adolescents, les autres faisaient des bêtises, désobéissaient à leurs parents ; moi, dans l'ombre de ma mère, je restais sage. Jamais la moindre rébellion, la moindre bagarre. J'étais un garçon gentil, calme et sans histoire. J'avais quand même un copain, un seul. Comme moi, il n'en menait pas large face aux autres. Ensemble, nous faisions le trajet de l'école à la maison et nous avions de longues conversations. Nous nous consolions mutuellement de notre mise à l'écart... J'étais faible avec mes camarades d'école comme j'allais être faible avec les policiers enquêteurs. C'est à croire que c'était dans ma nature.

Les autres commençaient à courir les filles. Moi je les regardais, des rêves plein la tête et le désespoir au cœur. Je me souviens de mes premières palpitations lorsque je les voyais arriver au collège... Je n'étais pas insensible, oh non ! Mais je n'osais pas les aborder. D'autant qu'elles aussi se moquaient de moi. Souvent plus durement encore que les garçons. Comment, dans ces conditions, dire à une jeune fille : « Tu me plais, j'aimerais bien sortir avec toi, t'embrasser... » J'étais sûr de sa réponse : elle me rirait au nez.

De là à penser que j'aurais assassiné deux gamins pour me venger, il n'y a qu'un pas et mes accusateurs se sont empressés de le franchir. Ils ont dit qu'après avoir subi tant d'affronts, refoulé tant d'humiliations, voir les deux petits garçons sur le talus a produit un déclic. Un déclic de haine revancharde. Je me souviens qu'ils ont employé le mot de « Cocotte-minute » : le couvercle aurait sauté. Une image forte, même si elle ne correspond à rien médicalement. C'était de la poudre aux yeux des jurés.

D'autres, plus sérieux, ont expliqué que j'avais sans doute en moi un « noyau psychotique » qui s'est manifesté ce jour-là. Un diagnostic qui a l'avantage d'avoir une base scientifique car il correspond à une personnalité particulière, très marquée. Seulement la définition même du noyau psychotique, c'est qu'il ne disparaît pas comme ça, miraculeusement. Je l'ai appris beaucoup plus tard, bien entendu. Un noyau psychotique évolue et resurgit. Or, en quinze ans de détention, on n'a pas décelé en moi la moindre attitude douteuse, jamais le moindre écart de conduite. La thèse de l'acte fou ne tenait pas.

En réalité, d'ailleurs, je subissais les sarcasmes des garçons et le mépris des filles avec une relative résignation.

Mis sur la touche par tout le monde, j'avais fini par me faire une raison : « Je vais me concentrer sur mon métier, mon avenir. Les filles, on verra plus tard. »

J'ignorais alors qu'il me faudrait attendre d'avoir trente-deux ans pour espérer, peut-être bientôt, connaître une fille... Enfin, maintenant, ce sera une femme. Car je suis entré vierge en prison et, à l'heure où j'écris, je le suis encore. J'espère que moi aussi je découvrirai bientôt les joies de l'amour, du plaisir... Qui sait ? Peut-être même du bonheur. Moi aussi, j'y ai droit.

À quinze ans, j'avais donc tout misé sur mon avenir professionnel. Je n'étais pas attardé au point de ne pas pouvoir travailler. Dès mon plus jeune âge, ma mère m'avait inculqué le goût de la cuisine. C'est donc dans cette voie que je me suis orienté, logiquement. Sérieux, mais pas doué, j'avais beaucoup de difficultés à apprendre à l'école. Je savais que je ne ferais pas de grandes études, et de toute manière, chez les Dils, nous n'avions pas l'ambition de sortir de notre rang, de devenir « cadre », médecin ou notaire. Alors j'ai appris la cuisine et la pâtisserie... Je ne demandais pas grand-chose. Simplement un travail, une femme et des enfants. Je rêvais d'une vie simple. Aujourd'hui, je me demande si je pourrai enfin, un jour, devenir « Monsieur Tout-le-Monde ».

*
**

Dès le lendemain de mes « aveux », je suis déféré devant la juge d'instruction. Il est 11 heures du matin et je n'ai pas de nouvelles de mes parents. Après une nuit épouvantable, comme celle de la veille, j'entre dans ce nouveau bureau avec espoir. Il faut que j'explique au juge qu'ils m'ont forcé à raconter des bêtises. Mais il y a un problème. Et même deux : Varlet et Marchegay me tiennent chacun un bras. Je ne suis pas handicapé ! Je sais marcher ! Qu'ils me lâchent !... Dans ma tête je me dis ça, pas à haute voix, bien sûr. Il faudrait avoir de l'aplomb et je n'en ai pas. C'est si loin de ma personnalité, « avoir de l'aplomb », de l'audace, du toupet, du ressort. Varlet veut maintenir la pression. Tant qu'il me tient par le bout du nez, il est sûr de son fait, mais il ne sait pas ce qui peut se passer s'il me laisse respirer. Ou plutôt, il le sait trop bien : je ferai machine arrière. Il n'y a qu'à le voir se planter devant la juge d'instruction et lui présenter fièrement son trophée. Il n'a aucune intention de quitter la pièce. Il ne le fera pas. Pas une seconde je ne serai seul avec la juge.

Cette première entrevue a pour but ce qu'on appelle le P.-V. de première comparution : un interrogatoire en principe bref, généralement en tête à tête avec le juge d'instruction, au cours duquel on confirme ou infirme les aveux prononcés devant les policiers. C'est au terme de cet entretien que le juge, en accord avec le procureur de la République, décide ou non d'incarcérer le suspect. À l'époque, je ne sais évidemment pas ce que signifie un « P.-V. de première comparution ». Ni ce que je risque à l'issue de cet entretien. Je sais seulement que si Varlet sort un instant, je dirai tout à cette dame. Je suis d'ailleurs rassuré de voir que la juge est une femme. D'accord, elle a l'air sévère. Mais je suis sûr que si je lui dis tout, elle comprendra. Comme une mère... Mais Varlet ne sort pas. Et plus j'écoute parler la juge, plus je me dis qu'elle n'a rien d'une maman. Petite, les cheveux très courts, elle m'intimide terriblement et se montre très dure avec moi. Apparemment, elle m'a catalogué... Quand je pense qu'elle n'aurait eu qu'un mot à dire, un seul, et mon destin aurait peut-être été changé. Si elle avait demandé très calmement à Varlet : « Sortez, monsieur l'inspecteur... » Elle ne l'a pas fait.

Varlet, de son côté, fait tout pour « m'aider » à réitérer mes aveux. Dès que la juge me pose une question, il n'hésite pas à répondre à ma place. La juge le laisse faire, ça n'a pas l'air de la gêner le moins du monde. Et moi je continue à avoir peur, donc j'acquiesce. Quand j'essaie de ne pas répondre car je n'en peux plus de mentir, la juge s'énerve et va même jusqu'à taper violemment du poing sur la table. Elle représente l'autorité, et même si je ne comprends rien à leur hiérarchie, je devine qu'elle est encore plus importante que Varlet. Cela me terrifie. Je n'ai plus une personne contre moi, mais deux. La pression est à son comble. La juge enchaîne ses demandes à vive allure, et lorsqu'elle relâche le rythme c'est Varlet qui prend la relève et me pose de nouvelles questions. Il s'agit d'ailleurs plus d'incitations que de vraies questions... « Dis à la juge que tu as pris la pierre... » Et moi, je dis oui. Oui ! Oui, oui, oui...

– Vous avez croisé les enfants ?

– Oui.

– Vous avez dit bonjour à l'un ?

– Oui.

– Vous avez alors pris une grosse pierre ?

– Oui.
– Vous avez frappé l'un ?
– Oui.
– Après vous avez paniqué et vous avez fini le travail et tué l'autre, c'est ça ?
– Oui, oui.

Ça s'est passé comme ça. Et pourtant, voilà comment cet entretien fut retranscrit : « J'ai croisé les enfants. J'ai dit bonjour à l'un d'eux. Puis j'ai pris une grosse pierre, je l'ai frappé et j'ai paniqué. Après, j'ai fini le travail et puis j'ai tué l'autre. » Je n'ai jamais – jamais ! – dit cela au juge d'instruction. Mais ce qui est atroce, c'est qu'à ce moment-là je ne vois même pas la différence entre répondre « oui » à un fait affirmé par quelqu'un d'autre et faire cette affirmation soi-même. Je ne sais pas qu'il s'agit là d'un abus de pouvoir, de confiance. Je ne sais même pas ce que veut dire « abus de pouvoir » et « abus de confiance ». Je suis un gosse.

Difficile ensuite, pour un jury d'assises, de croire que mes aveux ont été extorqués ! Les jurés auront au contraire l'impression que j'ai raconté l'histoire des meurtres de bout en bout, sans m'arrêter, comme pour me soulager. « Libérer ma conscience », ont-ils dit.

Pour l'heure, la juge et Varlet disposent de quoi m'enfoncer. Mais apparemment cela ne leur suffit pas. Varlet me demande de montrer à la juge comment j'ai fracassé la tête des enfants à coups de pierre. Il me force à mimer des gestes que je n'ai jamais faits de ma vie, mais pas si compliqués que ça à inventer ! Je me mets donc à genoux et je fais semblant de taper avec une pierre imaginaire dans mes mains. Je perds complètement pied. Et personne ne vient à mon secours.

La juge n'essaie même pas de me contredire, de me mettre en porte à faux par rapport à ce que je raconte. Pourtant son travail, je le sais maintenant, consiste aussi à contrôler la crédibilité des aveux d'un suspect. Je suis loin d'être le seul à avoir avoué un crime que je n'ai pas commis. D'autres ont été sauvés par des juges soucieux d'obtenir la vérité. La vérité, et pas « un » coupable. Des juges consciencieux, qui se sont alors aperçus que les aveux qu'ils tenaient étaient fantaisistes. Mais de toute évidence, la femme de loi à qui j'ai affaire ne souhaite pas soulever les incohérences de mon récit. Et pourtant, il y en a ! Or pas plus que Varlet elle ne me pose les bonnes questions. Celles auxquelles je ne peux pas répondre : « Qu'y avait-il entre les corps des deux enfants ? » Il lui suffirait de me le demander pour comprendre que jamais je n'ai vu les corps des enfants que je suis censé avoir tués. Car là, je resterais sans voix. Jamais je ne pourrais deviner qu'il y avait, entre les deux petites victimes, une énorme poutre de plus de deux mètres. Ce détail-là, je ne le connais pas. Il ne figurait pas sur le plan accroché au mur de l'inspecteur. Et je passe sur bon nombre d'autres informations que j'ignore et qui devraient alerter la juge...

Mais tout le monde n'a qu'une envie, je suppose, après huit mois d'enquête et deux échecs : faire « vite ». Il est grand temps que cette affaire soit bouclée. La population, les médias, les familles des victimes n'en peuvent plus d'attendre...

Pour ce qui me concerne, je crois qu'à ce moment-là j'ai complètement perdu la notion des choses. J'en avais tellement assez que si cette femme m'avait dit « Hier, dix bonnes sœurs ont été sauvagement assassinées, c'est toi ? », j'aurais répondu « Oui c'est moi ! ». Le chat de la voisine a été retrouvé égorgé ? C'est moi aussi ! Ils pouvaient m'accuser de tout ce qui leur passait par la tête, j'aurais dit « Oui, c'est moi ! ». Ces gens sont des malades. J'avoue tout ce qu'ils veulent, je rentre chez moi, l'enquête se poursuit et l'on finira bien par découvrir la vérité. Encore une fois, je n'ai aucune idée des conséquences de mes aveux réitérés – on sait maintenant dans quelles circonstances. Au point que lorsque la juge me demande si je sais ce que j'encours pour avoir assassiné les gosses, je lui réponds « non ». Elle se sent alors obligée de formuler autrement sa question : est-ce que je sais combien d'années de prison je risque ? Je sursaute. Elle a bien dit « prison » ? J'hésite et puis je réponds sans conviction :

– Peut-être trois ou quatre ans.

De toute façon je m'en fous ! Je ne me sens toujours pas concerné. Je suis innocent ! Et ma logique de garçon bêtement honnête me poursuit. Dans ma tête, je me répète : « On ne met pas les innocents en prison. » Malgré tout ce qu'on m'a déjà fait subir.

Je ne suis pas seulement « en retard », comme diront les psychiatres, je me fais aussi beaucoup d'illusions sur l'humanité...

– 3 –

DEUX ANS DE SOLITUDE

1er mai 1987. 17 heures. La voiture banalisée dans laquelle je me trouve vient de s'arrêter. Varlet descend le premier. Assisté par ses équipiers, je m'extrais avec difficulté du véhicule de police. Pas facile d'ouvrir la portière sans les mains. Les menottes dans le dos me serrent et me blessent les poignets. J'ai mal. C'est moi, le petit Patrick, qu'on emmène ainsi ligoté, comme dans un film ? Je n'y crois pas moi-même. Je suis l'inspecteur Varlet, hagard... Je lève la tête. J'aperçois un immense bâtiment, vieux, blanc et glacial. C'est la maison d'arrêt de Metz. C'est ici que je vais passer la première nuit de ma vie en prison. Sans papa et maman, qui doivent s'activer à l'extérieur. Car je suis sûr qu'ils vont me sortir de ce cauchemar. Mais qu'ils fassent vite, j'en ai assez !

Varlet me tient toujours par le bras, il me traîne à l'intérieur du bâtiment. Bizarrement, je n'ai pas peur. Je suis même soulagé, un petit peu, à l'idée de voir les inspecteurs s'en aller et me laisser tranquille. J'attends ce moment depuis quatre jours. Pourtant ce n'est pas l'endroit le plus accueillant du monde, évidemment. Mais je me dis que ça ne peut pas être pire que ce que je viens de vivre à la P.J. de Metz. Ce n'est pas possible ! Je ne mesure pas ce qui m'attend, bien sûr. Pour l'heure, je n'aspire qu'à me retrouver seul, me reposer et dormir, enfin...

– Je vous amène Patrick Dils pour le meurtre des enfants de Montigny-lès-Metz.

D'un ton froid, sans appel, Varlet vient de faire les présentations. Devant moi, un nouvel uniforme : celui de l'homme du greffe (je ne sais pas si c'est son titre exact). Entendre encore que j'ai tué ces gosses est humiliant. Mais je tiens bon. Je m'expliquerai plus tard. Pour l'instant je ne vois qu'une chose : Varlet s'en va. Sans un mot. Il vient de me déposer comme un paquet, fier du travail accompli. Sale boulot ! Mais moi, je respire.

Le monsieur du greffe est poli et parle sans hurler. Ça me change des policiers. Je ne dirais pas qu'il est gentil, mais en tout cas il n'est pas méchant avec moi. Et il m'appelle par mon nom. Il me retire mes menottes et me pose des questions. Des questions faciles :

– Quel âge as-tu ?

– Seize ans.

– Ta date de naissance ?

– 30 juin 1970.

– Ton adresse...

Lui au moins ne me parle pas de ces horribles meurtres ! Merci, monsieur. Puis il prend mes empreintes et me confisque tous mes objets personnels. Une bague, ma ceinture, les clés de ma maison, et même mes papiers ! Je commence sérieusement à m'inquiéter. Pourquoi me prend-il tout ce qui m'appartient ? C'est à moi ! Il répertorie les divers objets, me fait signer un reçu comme quoi tout est bien là, et m'invite à le suivre. Nous arrivons dans une sorte de vestiaire sordide.

– Déshabille-toi ! m'ordonne le responsable du lieu.

Je ne peux pas. Comment lui dire ? Je suis pudique. Je ne peux pas me mettre en slip ! Je ne me suis jamais déshabillé devant quelqu'un, sinon le médecin, et j'avais déjà du mal à m'exécuter. Alors là, j'en suis incapable. Il insiste :

– Allez, ôte tes vêtements ! On n'a pas que ça à faire

Timidement, j'enlève le haut, et puis tout doucement je baisse mon pantalon. Le responsable semble impatient, il ramasse d'un coup de main mes habits, tandis que je reste là, planté, debout face à lui. Il me regarde, s'approche de moi, et sans me prévenir baisse mon slip. Pour la première fois de ma vie, quelqu'un que je ne connais pas me voit tout nu. Même mes parents, depuis que je ne suis plus un bébé, ne m'ont jamais vu entièrement nu. Chez nous, on ne s'exhibe pas. Et voilà que cet homme m'inspecte sous toutes les coutures.

– C'est mon travail, marmonne-t-il.

Et il ajoute qu'il doit me fouiller et vérifier que je n'ai rien d'illicite sur moi. Il me palpe partout, me fait ouvrir la bouche, un véritable supplice ! J'ai trop honte. Je suis trop grand, trop maigre, trop pâle et trop roux... C'est insoutenable ! Une véritable torture pour le gamin que je suis. J'ai envie de pleurer... Je crois qu'il s'en rend compte car, soudain gêné lui aussi, il tente de me rassurer.

– C'est le règlement, bougonne-t-il.

Je ne sais pas encore que ce n'est que le début des offenses...

Une fois ce cauchemar terminé, le monsieur range en vrac mes affaires dans une petite valise. J'aimerais bien qu'il les plie. Je suis très méticuleux. J'essaie de me faire une raison. Ce n'est pas grave, maman repassera mes habits plus tard quand il me les rendra et que je rentrerai à la maison. Pour le moment, le monsieur est occupé à écrire un numéro sur la valise : 15602. Pourquoi ne note-t-il pas mon nom, plutôt qu'un numéro ? Je vais très vite comprendre que j'ai cessé d'être Patrick Dils pour devenir le matricule 15602. Et rien d'autre.

Plus d'objets personnels, plus de clés, plus de papiers, même plus de nom. Je viens de laisser ma vie d'adolescent dans ce vestiaire. Et qu'est-ce que j'ai en échange ? Une sorte de pyjama couleur ciment, un paquetage composé de deux couvertures qui piquent, d'une paire de draps qui grattent, d'une assiette plate, d'une assiette creuse, d'un verre, d'un bol, d'une petite cuillère et d'une fourchette. L'homme me tend mes vêtements, raides de sueur et de crasse, puis il annonce :

– Tu me suis !

Avec mes huit ans d'âge mental et mon paquet sous le bras, je lui emboîte le pas, et me retrouve... à l'infirmerie ! Je ne suis pas malade, qu'est-ce qu'on fait là ?

J'apprendrai plus tard que le directeur de la prison a préféré libérer pour moi une cellule à l'infirmerie, car il ne peut pas me mettre dans le quartier des adultes à cause de mon âge, et il ne veut pas que je sois installé dans celui des mineurs par crainte de leur violence. En détention, les jeunes sont les plus durs, les plus agressifs aussi, et la cause de mon incarcération risquerait de les déchaîner contre moi. Le directeur se préoccupe de ma sécurité. Il ne lui reste que la solution de l'infirmerie.

Un endroit finalement assez semblable aux autres quartiers mais avec moins de cellules. Attentif, j'observe cet étrange univers. Pas franchement accueillant. Je passe devant les portes des cellules, des portes couleur vert d'eau alignées le long d'un couloir étroit. Le bâtiment est vétuste, les murs ont l'air usés. On devine que rien n'a été rénové depuis des lustres. Ici tout semble hors d'âge, sans vie, l'atmosphère est lourde. Parfois, un hurlement s'échappe et retentit dans le couloir...

– On va t'emmener dans une pièce et tu vas rester tranquille, me dit mon accompagnateur.

Il prend bien garde de ne pas prononcer le mot « cellule ». Pourtant, je sais bien qu'on ne m'emmène pas dans un salon. J'en ai un peu marre qu'on me traite comme un crétin. Avant d'entrer dans la « pièce », mon hôte m'explique un dernier détail :

– Quand tu voudras te déplacer hors du quartier de l'infirmerie, il faudra que tu montres au surveillant ta carte avec le numéro de ton matricule afin qu'il t'identifie. Sinon, tu ne pourras pas sortir.

Le gardien ouvre enfin la porte de la « pièce ». Je suis frappé par le bruit sec et dur que fait la serrure.

– Voilà, on est arrivés. Tu vas rester bien sage. O.K. ?

– Oui, oui...

La porte se referme, le même bruit se fait entendre. Je suis seul. Enfermé. Incarcéré. Emprisonné. Un immense malaise me prend. Cette pièce est minuscule. Et puis il n'y a rien pour s'occuper. Même sur moi je n'ai rien, puisqu'ils m'ont tout pris. J'ai sommeil, mais après, qu'est-ce que je vais faire ? Tourner en rond ?

Je commence par poser mon paquetage sur le lit. Puis je m'assieds sur le matelas de mousse qui s'enfonce sous mon poids. Je suis pourtant bien léger. Je regarde autour de moi... La pièce doit faire sept ou huit mètres carrés au maximum. Elle est presque vide : deux lits de ferraille, une table, un lavabo et un W.-C. C'est tout. Ce qui me frappe, ce sont les éléments encastrés dans les murs. Rien ne peut être déplacé. L'angoisse me saisit, mon corps tremble, j'ai besoin d'air, je commence à suffoquer... Je suis en train de découvrir l'enfermement. Quant à cette sensation d'être constamment espionné, elle me rend fou ! Un surveillant ouvre sans arrêt le loquet du judas de la porte pour m'observer. Au moins ne m'insulte-t-il pas, comme les policiers au dépôt.

Je ne sais pas si les autres détenus savent qui je suis et pourquoi je suis là. J'espère qu'ils n'ont pas entendu parler de mon arrestation à la radio ou à la télé, car je me doute bien que l'événement n'est pas passé inaperçu. Je pense à ça parce que, avant de me quitter, l'homme qui m'a amené ici m'a prévenu.

– On va mettre un autre jeune de vingt ans avec toi. S'il te demande qui tu es et ce que tu fais ici, ne le lui dis surtout pas. T'as qu'à mentir et raconter que c'est pour un vol de mobylette ou de voiture, un truc comme ça... C'est mieux pour ta tranquillité.

Pour le moment je suis encore seul. Le jeune n'est pas arrivé. Je suis allongé sur le lit. Les yeux fixés au plafond j'essaie de me calmer, de trouver un peu d'air dans cette atmosphère étouffante. Le silence m'apaise... Et soudain les cris fusent :

– Assassin ! Tueur d'enfants ! On va te crever ! On va te violer ! On va t'en faire baver ! Tu vas mourir ! Espèce de pourriture !

Les hurlements viennent du bâtiment d'en face, se mélangent et résonnent dans la cour pour finir par s'écraser contre les murs de ma cellule et m'entrer dans ma tête. Je me bouche les oreilles. Je suis en danger. Il faut que je sorte de là ! Dans quel guêpier me suis-je fourré pour « faire plaisir » à Varlet ? Mes parents savent-ils qu'il y a urgence ? Qu'il faut me protéger ? Soudain, j'entends un déclic. Ce bruit m'est déjà familier. Je regarde en direction de la porte. Le jeune dont on m'a annoncé la venue entre et s'assied aussitôt sur le lit. Il me demande :

– T'es là pour quoi ?

Soit il est sourd, soit il fait semblant ! Mais puisqu'on m'a conseillé de mentir pour éviter les problèmes – j'en ai déjà assez comme ça –, je mens, une fois de plus :

– J'ai volé une mobylette mais je vais sortir dans quelques jours.

Les adultes ont peut-être raison, le mensonge est parfois utile. À condition de le choisir. Celui-là m'a aidé. Le jeune, mon codétenu comme on dit ici, s'est contenté de ma réponse et m'a laissé dormir.

Épuisé par ces dernières heures si éprouvantes, j'ai fini par m'assoupir. Lorsque je rouvre les yeux, je reprends conscience de la situation. Je suis bien entre quatre murs.

L'homme que j'entends crier « petit déjeuner ! » est un gardien de prison. Je suis en prison ? Oui, je suis bien en prison. Je reprends mon cauchemar là où je l'avais laissé. Un gardien me tend un bol.

– Lait ou café ?

Je n'ai jamais bu de café, j'opte pour le lait. Le gardien me donne ma pitance d'un geste sec et impatient. Il ne me jette pas même un regard. J'ai vu des mauvais maîtres faire ça avec leur chien...

Et là, j'éclate en sanglots. Les larmes contenues depuis des jours coulent sur ma veste de pyjama. La tête baissée, je fixe cet uniforme couleur ciment. Je n'ai encore jamais vu autant d'uniformes ! Celui des policiers, celui des gardiens et le mien. C'est comme si j'avais été téléporté dans un monde où les hommes ne comptent pas. Seuls leurs uniformes indiquent la position et le rôle de chacun. Et moi j'ai hérité du pire...

Plus tard dans la matinée, on m'emmène dans le bureau du surveillant-chef. Moi qui ne suis jamais entré dans des bureaux, ces lieux qui appartiennent au monde des adultes importants, depuis quatre jours je passe de l'un à l'autre. Tous les mêmes. Austères, froids et tristes. C'est à partir de ces endroits que le monde est dirigé. À partir de ces endroits que ma vie commence à l'être aussi. C'est de là que des hommes représentant l'autorité me dictent ma conduite.

Assis face au surveillant-chef, je reste pétrifié. J'écoute attentivement ce monsieur m'expliquer le comportement à avoir dans cet univers impitoyable. Il est plutôt calme, plutôt aimable.

– Il faudra que tu obéisses, me dit-il d'une voix neutre.

Obéir ? Je n'ai fait que ça toute ma vie. C'est même pour ça que je suis là ! Varlet et Marchegay m'ont fait mentir, raconter une histoire qui n'était pas la mienne. Résultat, je suis en prison alors que je n'ai rien fait ! Mais soit, j'obéirai. De toute façon, je suis toujours aussi incapable de désobéir aux grands qui me font peur.

– Ne jamais te rebeller, poursuit le surveillant-chef.

Pas de risque. J'en suis incapable aussi !

– Et surtout fais attention à toi, insiste-t-il.

Il m'inquiète... Faire attention à quoi ? À qui ?

*
**

Quand je regagne ma cellule, je ne pense plus qu'à une chose : quand vais-je voir mes parents ? Je suis surpris qu'ils ne se soient pas déjà manifestés. Si j'avais seulement imaginé, à ce moment-là, que je ne reverrais pas ma mère, mon père, mon frère, avant vingt et un mois, je ne sais pas ce que j'aurais fait. C'est sûr, je n'aurais pas tenu le coup. Ils sont toute ma vie, et je suis lié à eux par quelque chose de si fort... Je suis incapable de mettre un mot sur ce sentiment. Nous formons un tout. Et là, ils ont tranché dans le vif.

Pendant vingt et un mois, je ne recevrai même pas un coup de téléphone. Mais ça, c'est le règlement. Les coups de fil ne sont pas autorisés tant que le détenu n'a pas été jugé. En revanche, le règlement n'indique pas qu'un innocent présumé – puisque c'est légalement mon statut – soit privé de la visite de ses proches. Mais la juge m'a tout simplement interdit de parloir. Elle a refusé toute visite à ma famille. Je sais aujourd'hui que c'est contraire à ce que prône la convention des droits de l'homme. La justice n'avait pas le droit de me retirer le soutien de mes parents. J'étais mineur, et j'avais besoin d'eux. La prison est assez dure comme ça pour n'importe quel homme, même coupable. Tous les détenus ne vivent que dans l'attente du prochain parloir. Alors m'ôter à moi, l'adolescent perdu, innocent parmi les criminels, les quelques précieuses minutes auxquelles j'avais droit en principe, c'était parfaitement inhumain. Je continue à me demander pourquoi ces gens se sont acharnés contre moi, même s'ils étaient convaincus de ma culpabilité. S'ils me croyaient vraiment coupable, à quoi bon en remettre une couche en m'interdisant tout contact avec l'extérieur ? Étais-je si dangereux qu'il faille dresser de tels remparts autour de moi ? À moins que le vrai danger ne fût mon éventuelle innocence...

Bien sûr, la juge justifie sa décision. Mais sa justification ne tient pas debout. Elle dit devoir empêcher tout contact entre mes parents et moi sous prétexte que ma mère est certainement complice de mes crimes. Estimant que l'assassin devait forcément être maculé de sang, de la tête aux pieds, en revenant du talus, et sachant que la police n'a pas trouvé la moindre trace sur mes habits, la juge est persuadée que ma mère m'a aidé à laver mes affaires afin d'effacer les preuves de mon « délit ». À ses yeux, ma mère est donc complice ! Ce que la police, elle, n'ose prétendre ouvertement. Aucun procès-verbal n'accuse maman. Et d'ailleurs, si la juge la croit complice, pourquoi ne la met-elle pas en examen ? Pourquoi ne la met-elle pas en détention provisoire, comme moi ? Elle est adulte, donc encore plus responsable que moi ! Ce raisonnement n'a aucun sens. Du début à la fin, rien ne tient. Mais je suis derrière les barreaux, seul...

Souvent, le matin, assis sur le lit devant mon bol de lait, je ferme les yeux et j'essaie de visualiser leurs trois visages. Papa, maman et Alain. Je nous revois tous les quatre, ensemble. En vacances, au restaurant les jours de fête, à la maison tous les soirs... Je me raccroche à mes plus beaux souvenirs. Je me rappelle combien ils m'aiment. Et surtout, je suis sûr qu'ils finiront par me sortir de là. Il faut que j'aie confiance en eux. Moi, je suis totalement impuissant.

Les seules nouvelles des miens qui me parviennent, c'est mon avocat qui me les communique. L'avocat que mes parents m'ont trouvé, et dont mon patron, au restaurant, leur a donné les coordonnées. Lui a le droit de venir me voir au parloir pour préparer le procès, et tenter de me rassurer. Il me dit que la famille va bien et qu'ils pensent fort à moi.

– Dites-leur que je pense à eux et que moi aussi je vais bien.

Ça, c'est un mensonge comme on m'a appris à les faire. Un pieux mensonge, respectable, pour ne pas aggraver leur douleur ! Parce que, en vérité, je ne vais pas bien du tout. Eux aussi mentent : je sais pertinemment que mes parents ne vont pas bien. Ils doivent souffrir le martyre depuis mon incarcération. Je sais que même en liberté, ils sont emprisonnés avec moi. J'ai peur pour eux. Comment les familles des victimes se comportent-elles avec les parents du « criminel » ? Et les gosses de l'école, est-ce qu'ils s'en prennent au petit frère du « monstre » ? Alain, mon frangin chéri, tient-il le coup ?

Je sais aujourd'hui qu'il a subi des insultes et des calomnies, quotidiennement. Il a tout entendu : « T'es le frère de l'assassin, de ce salaud ! » Mais Alain a plus de caractère que moi et il a su se défendre. Mes parents, eux, très respectés dans le quartier, n'ont pas été agressés. Cela ne les a pas empêchés de souffrir atrocement à l'idée de me savoir seul et sans défense, entouré de criminels plus ou moins dangereux !

En fait, pour moi, le plus dur, ce sont les jours d'anniversaire. Finis les repas chaleureux que papa nous offrait. Nous ne sommes plus tous les quatre réunis et plus rien n'a de sens.

Assis sur le lit, le bol de lait à la main, je me repasse le film. Défile dans ma tête tout ce qui m'a conduit à cet enfer. Je me revois dans le bureau de Varlet, de Marchegay, puis dans celui de la juge. Si j'avais su que rien ne s'arrangerait, si j'avais imaginé la gravité de ces faux « aveux » et leurs lendemains, est-ce que je leur aurais tenu tête ? Je n'en suis même pas certain, quand je me remémore l'entreprise de harcèlement que j'ai subie. Je n'étais pas de taille, vraiment. Trop faible, trop timide, trop influençable, trop englué dans des convictions stupides comme l'honnêteté de la police, la droiture de la justice, le respect des adultes. Mais, de toute façon, quel gamin aurait résisté alors qu'ils s'acharnaient ?

Et je suis là, dans cette cellule minuscule, à me morfondre. Oublié de la société, et menacé par les autres détenus...

*
**

Pourtant, je suis revenu sur mes aveux, bien sûr, dès le lendemain de mon incarcération, quand j'ai compris qu'on m'avait pris dans un piège. J'ai expliqué à mon défenseur, Me Becker, que je n'avais fait que dire « oui » à une histoire suggérée, pour avoir la paix. Mais mon avocat – il le dit lui-même aujourd'hui – ne m'a pas cru tout de suite. Je ne peux pas lui en vouloir, mes aveux sont trop circonstanciés, et pour cause : on m'a tout « dicté », on m'a fait signer des propos que je n'ai jamais tenus ! Et la presse m'a tellement présenté comme le coupable que tout le monde le croit. Et puis, il est sans aucun doute plus rassurant pour les gens de penser que le monstre a été identifié et mis hors d'état de nuire.

Mon erreur a été de me rétracter « oralement » devant Me Becker, encore sceptique. Six jours après ce « désaveu », la juge organise une reconstitution à 6 heures du matin. Rendez-vous au palais de justice. Me Becker est là, dans le couloir, il m'attend. Il va voir la juge et lui rapporte mes propos. Il lui dit que je suis innocent mais elle hausse les épaules, se fâche presque et balaie sèchement son argumentation.

Cette reconstitution, tout est toujours fait pour qu'elle soit organisée au plus vite, parce que c'est une étape importante de l'enquête. Elle doit permettre au juge de vérifier une fois de plus la véracité des aveux. Et moi, je n'ai toujours pas dit officiellement que je suis innocent.

Seul mon avocat m'a entendu me rétracter, mais il doute. Il ne m'incite donc pas à renoncer à cette reconstitution, alors que c'est mon droit. Il suffirait qu'il dise : « Patrick, si tu n'as pas tué, ne fais pas les gestes qu'on te demande de faire. Si tu n'es pas monté sur le talus, alors n'y va pas ! » Mais il ne me dit rien de tout ça. D'un certain point de vue, je le comprends. Il doit organiser ma défense. Or on ne défend pas un coupable comme un innocent. Et il n'a pas encore arrêté son intime conviction. Donc il est prudent. Normal pour lui. Dommage pour moi.

On me demande donc de m'exécuter. Et j'obéis. Une fois encore, comme toujours, je fais ce qu'on me dit de faire. Varlet et la juge sont là. La terreur que m'inspire l'inspecteur est toujours présente. Elle m'envahit, me paralyse. Je n'arrive pas à puiser en moi le courage de leur dire que j'ai raconté des mensonges ! J'ai trop peur des représailles. Je mélange tout dans ma tête de gosse.

Je sais que pour ceux qui n'ont pas vécu ce genre de harcèlement, il peut paraître impossible d'avouer un crime que l'on n'a pas commis, et encore moins possible de le reconstituer. Pourtant, en ce qui concerne les crimes de Montigny-lès-Metz, il ne faut pas oublier que l'un des deux hommes qui ont avoué les assassinats avant moi s'est livré, lui aussi, à la reconstitution. C'est dire l'effet sur lui de la formidable pression qui s'est exercée ! Alors sur moi...

Je vais payer de quinze années d'enfermement cette scène abracadabrante qui reste gravée dans ma mémoire. Je dis « abracadabrante » car je vais la vivre comme un examen ! Et je vais me tromper sans arrêt, mais personne, sur le coup, ne relèvera mes erreurs.

Tout commence dans le bureau de la juge d'instruction, où l'on me montre quatre pierres. Je dois désigner celles qui ont été utilisées pour ôter la vie à Alexandre et Cyril. C'est très pénible, et très simple à la fois. Pénible car on me demande de prendre dans mes mains ces pierres tachées du sang des victimes. Atroce ! Je ne veux pas les toucher. À la seule vue du sang dont je sais qu'il est celui de mon petit voisin et celui de son copain, j'ai le cœur au bord des lèvres ! Mais ils sont tous là, les représentants de l'autorité, Varlet, la juge et les autres, à attendre... En revanche le choix de ces pierres se révèle très simple car, huit mois après le crime, la presse a déjà révélé beaucoup de détails. On sait que le tueur s'est servi de trois pierres, dont un gros moellon. Je l'ai lu dans le journal local. Je repère donc aussitôt l'énorme moellon. Sur les trois pierres restantes, deux sont rocailleuses, l'autre est un galet. Je l'élimine. Une déduction logique : on ne fracasse pas des crânes avec un galet. Il reste maintenant deux pierres. Les deux ont effectivement été utilisées par le meurtrier. Mais laquelle a servi à assassiner Alexandre ? Laquelle a été utilisée pour tuer Cyril ? C'est pile ou face. J'hésite... À cet instant j'ai complètement perdu de vue l'enjeu de ce test macabre : j'ai juste peur de me tromper. J'ai une « chance » sur deux... Au hasard, j'en désigne une pour un enfant, l'autre pour le second... Et je gagne mon quitte ou double ! Pour mon malheur.

Aussitôt, le visage de la juge s'illumine. Car pour la police comme pour elle, seul le coupable peut identifier les pierres. Mon Dieu ! Comment peut-on penser cela ? Aujourd'hui, j'ose le dire, c'est idiot comme déduction ! C'est pile ou face. Et puis qu'est-ce que ça veut dire,

« reconnaître » ou « identifier » des pierres ? Qui peut penser qu'un fou sanguinaire, en pleine nuit, en pleine action, observerait attentivement les pierres qu'il ramasse pour commettre ses meurtres ? Même l'assassin n'aurait pas pu les « reconnaître ». Il aurait répondu au hasard, comme moi... De toute façon, l'assassin ne serait même pas venu à cette reconstitution. Ou il serait resté muet. Il n'aurait pas essayé de « répondre comme il faut » ni tenté d'« avoir tout bon ». Ce que j'ai fait !

Quoi qu'il en soit, à ce jeu du hasard macabre, je viens de « gagner » des années de taule.

Ensuite, on se rend sur le lieu des crimes. Et là, j'ai quasiment tout faux ! Mais personne n'en tiendra compte.

Je suis complètement perdu, incapable de me diriger, incapable de « refaire » les gestes, de situer les corps. Car ça, je ne peux pas l'inventer. Et je n'ai aucune information pour m'aider. Ni les articles de journaux ni le plan des policiers qui était affiché sous mon nez, dans les locaux de la police judiciaire. On m'a affublé d'un casque de moto, d'un gilet pare-balles et je suis menotté, les mains dans le dos. Pour ma sécurité, bien sûr. Même les menottes ? Alors que je suis au milieu d'une meute de gens, parmi lesquels se trouvent je ne sais combien de policiers armés. Le casque sert aussi, paraît-il, à ce que l'on ne photographie pas mon visage. Mais moi, ainsi accoutré, je suis paumé ! Alors je suis. Et il y a du monde pour m'« aider » à m'orienter. Varlet et Marchegay sont là, bien sûr, la juge d'instruction aussi, et puis le procureur de la République, mon avocat, ceux des familles des victimes... Au début, je sais tout de même quoi faire : je pars de la maison en direction des poubelles. Mais arrivé devant la benne, je suis pris par le stress. Je suis supposé leur montrer le chemin qui mène au talus, or je n'y ai jamais mis les pieds. Alors, je reste là, immobile, planté devant les poubelles, les bras ballants. Je regarde mon avocat. Il ne me donne qu'un conseil :

– Il faut dire la vérité ! Rien de plus, rien de moins.

Il m'aurait dit : « Patrick, fais uniquement ce que tu as réellement fait ce soir-là. Rien que ce que tu as fait. Ne fais pas les choses pour nous faire plaisir ou obéir », j'aurais compris et je ne serais pas monté sur le talus... Et c'est sans doute ce qu'il voulait me signifier par « rien de plus, rien de moins ». Mais je ne décode pas correctement sa recommandation. Il me connaît mal, à ce moment-là, il ne mesure pas à quel point je suis bouleversé. Et il ignore que dans ces cas-là, mieux vaut me mettre les points sur les « i ». Sinon c'est la peur qui me dirige et j'ai le comportement d'une victime. Dans ma tête, je pense simplement que je dois continuer à faire ce que mes « aveux » supposent. Alors je tourne le dos aux poubelles et je remonte la rue, toujours encadré par une vingtaine de personnes. Je suis incapable de me rappeler si j'étais derrière elles, devant ou au milieu. Mais ce qui est certain, c'est que je n'étais pas maître de mes mouvements.

Un flot m'emporte. Ce n'est pas moi qui montre le chemin. Je suis les suggestions des uns et des autres. Je remonte donc la rue, et lorsque je vois un accès pouvant conduire au talus, juste au-dessus, je l'emprunte.

Quand j'atteins le sommet, là où se trouve la voie ferrée, la juge me demande de situer les corps des enfants et, de nouveau, je suis pris de panique. Je regarde autour de moi en quête d'un regard, d'un soutien... Rien ! Je suis totalement perdu avec tous ces gens autour de moi. Je me sens si seul, si démuni. Je n'ai jamais mis les pieds sur ce talus, ni le soir du crime, ni un autre soir. Je montre un endroit au hasard, entre deux voies de chemin de fer.

Et je me trompe de quarante-trois mètres !

Je situe les corps entre deux voies de chemin de fer. Ce n'est pas du tout là que les enfants ont été assassinés. Les cadavres ont été retrouvés entre une voie et le ballast qui la borde. Le visage de la juge, cette fois, s'est fermé. Inquiète, elle demande :

– Patrick, vous êtes bien certain que c'est là ?

Que lui répondre ?

– Je ne sais pas vraiment, je ne reconnais pas l'endroit.

Détail, finalement, puisqu'on me traîne sur le vrai lieu du crime. La scène devient atroce. Des mannequins ont été allongés sur le sol. Ils sont censés représenter les deux victimes. Je les regarde, effaré... D'autant plus qu'on exige de moi de mimer les gestes du tueur et les coups qu'il a portés.

Aujourd'hui, je me demande comment j'ai pu poursuivre cette « comédie » sinistre, obscène. Je n'ai pas de réponse. Sinon qu'à cet instant plus rien n'avait de sens pour moi. Le rôle qu'on m'a fait jouer m'a marqué. Il m'obsède. Sans arrêt, depuis quinze ans, je me vois à genoux, une pierre à la main, faisant mine de taper sur ces mannequins. Mais je suis incapable de porter vraiment les coups. Je m'arrête chaque fois à quelques centimètres des poupées. C'est horrible, j'imagine que ce sont les gosses. La juge me demande de frapper réellement. C'en est trop ! Je ne peux pas mimer les monstruosités d'un fou sanguinaire ! Comme pétrifié, je ne bouge plus et reste accroupi sans dire un mot. Je lève les yeux, je les regarde tous, je cherche de l'aide, un peu de compassion. Mais personne ne vient à mon secours. Il y a un long silence. Un profond malaise. Alors la juge insiste d'un ton sec :

– Patrick, vous devez toucher les mannequins ! Vous ne leur ferez plus mal. Ils sont déjà morts !

Alors, épouvanté, cette fois encore j'obéis. J'ignore à quel point ces gestes vont déterminer mon avenir. Car il y a des photographes, et leurs photos ne pourront qu'influencer défavorablement les jurés quand ils auront à prononcer leur verdict. Ça, on va le retenir : les aveux et la reconstitution de l'horreur. Peu importe que je me trompe sur l'endroit exact du crime, sur la description des voies ferrées, et même sur « la chose » qu'il y avait entre les deux corps des enfants : cette poutre de deux mètres soixante. Peu importe que je sois incapable de dire comment étaient habillées les petites victimes. Que je ne sache pas non plus désigner les bons lampadaires qui bordaient les voies ferrées, tout le monde s'en moque ! Et puis je ne dis rien des excréments, certainement ceux du tueur, à côté des enfants. C'était à cela que Marchegay voulait faire allusion quand il me suggérait que les enfants m'avaient peut-être « vu en train de faire caca ». Ce qui aurait pu m'« énerver » au point de les massacrer. Allons donc... Quel beau mobile !

Toute ces lacunes devraient leur mettre la puce à l'oreille. Mais je suis le troisième à « avouer ». Il n'est plus question de me lâcher. Tant pis si la reconstitution ne correspond pas exactement à la réalité des faits. Je suis en prison, et l'on préfère que j'y reste. Comme ça, les braves gens dormiront tranquilles. Et tant pis si le vrai tueur d'enfants court toujours, libre.

Ils me renvoient en prison, bien décidés à m'y laisser pourrir jusqu'à la fin de mes jours. Seul mon avocat a vu dans cette reconstitution la preuve de mon innocence.

*
**

Je reste quatre mois à l'infirmerie, isolé. Je ne vois personne. Interdiction de descendre faire la promenade avec les autres. Le directeur est trop inquiet. Je suscite trop de haine... Et puis, un jour, il juge que tout cela s'est sans doute calmé. Il pense que je ne risque plus rien. Je suis donc transféré au rez-de-chaussée, dans le bâtiment des adultes, en principe moins dangereux pour moi que celui des mineurs.

C'est là que j'ai compris pourquoi on m'avait invité à faire « attention » à moi. Quand ils apprennent mon transfert, les détenus entrent dans une rage folle. Huit cents enragés, tous convaincus que j'ai assassiné les enfants et qu'ils ont affaire à une bête sauvage. Pour eux, j'ai commis le pire des crimes. Car il existe une véritable hiérarchie, en taule. En haut de la pyramide, les braqueurs, les voleurs et les cambrioleurs. Ce sont les plus respectés. Ils n'ont fait de mal à personne. Courageux, ils ont osé « entuber » la société, ce qui fait d'eux des héros. Viennent ensuite les condamnés pour crimes passionnels. Ils ont follement aimé, ont été trahis par leur femme, ont perdu la tête et tué. Les détenus comprennent et excusent leur geste. On est très macho, derrière les barreaux... En dessous, il y a les dealers ; eux ne craignent pas grand-chose, même si à l'extérieur ils ont semé la mort. Il est vrai qu'ils font souvent profiter leurs compagnons de cellule de leur « connexion ». Tout ce qu'on dit à l'extérieur est exact : la drogue circule en prison, il y en a vraiment beaucoup... Puis on descend l'échelle et l'on trouve ceux qui ont vraiment à craindre pour leur vie – ou leur intégrité physique et morale. Ce sont les violeurs, les coupables d'inceste, les exhibitionnistes, souvent agressés sexuellement en retour dans ces murs... Et enfin, tout en bas, les assassins. Les auteurs de crimes crapuleux. Parmi eux, on distingue trois « espèces » : ceux qui ont tué pendant des bagarres, ceux qui ont assassiné des vieux...

... Et plus bas que bas, la lie du monde : les assassins d'enfants. Or, moi, les détenus pensent que j'en ai massacré deux ! Je représente ce qu'ils haïssent par-dessus tout, plus que leurs juges, plus que les matons, plus que les flics qui les ont arrêtés ou les balances qui les ont donnés. Les médias ont assez parlé de la violence inouïe avec laquelle j'aurais prétendument fracassé les crânes d'Alexandre et de Cyril. Alors les prisonniers sont déchaînés. Toutes les nuits, des cris s'échappent des cellules.

– On va te faire la peau, Dils ! On va te violer, t'enculer à sec, espèce d'ordure ! Salopard, tu ne perds rien pour attendre...

À l'infirmerie, j'étais protégé. Je ne le suis plus et je vis dans l'angoisse. Heureusement, grâce à mon apprentissage de cuisinier, on m'envoie aux fourneaux. Ou plus exactement mon avocat et le surveillant-chef s'arrangent pour me trouver une place aux cuisines. Je leur dois une fière chandelle. Je ne les en remercierai jamais assez. En principe on n'a pas le droit de faire travailler un mineur mais c'est pour moi un moyen de continuer à apprendre mon métier. Souvent, je prends mes repas sur mon lieu de travail. Là, les collègues se montrent plutôt neutres : quand on vous donne la chance de travailler ainsi on exige une tenue parfaite, aucun incident, ils ont donc intérêt à se tenir tranquilles, même si certains n'en pensent pas moins. Seulement, pour me rendre jusqu'aux cuisines, quel cauchemar ! Je rase les murs, subissant les invectives. C'est un vrai chemin de croix.

Mais ce que je redoute le plus, ce sont les douches. À coup sûr l'endroit où l'on est le plus vulnérable, en prison. On y est nu, quelquefois seul. Parfois la porte d'entrée est fermée, parfois elle ne l'est pas et personne, sauf les gardiens, ne peut verrouiller la porte qui donne accès aux salles d'eau.

Un matin où cette porte est ouverte, je me retrouve seul dans les douches. Inquiet, parce que je suis à la merci du premier venu, je choisis de me doucher dans un bac situé à l'écart. On ne peut pas me voir mais on m'entend. En coulant l'eau fait du bruit, forcément. Comme toujours, j'essaie de me savonner et de me rincer le plus vite possible. Ensuite je sors, je prends ma serviette pour m'essuyer à toute vitesse...

À cet instant, deux individus pénètrent dans le local. Je les reconnais, je les ai déjà croisés à l'étage. Je n'ai le temps de rien faire. L'un d'eux, une brute, se jette sur moi et me plaque au sol de tout son poids. L'autre reste près de la porte pour faire le guet. C'est toujours comme cela qu'ils procèdent afin de s'enfuir avant l'arrivée des gardiens au cas où l'agresseur crierait. Mais je ne crie pas. Pas un mot. Je suis terrorisé. Aucun son ne sort de ma bouche. Celui qui me maintient à terre me hurle dans les oreilles :

– T'as tué des gamins, enculé ! Tu vas voir ce que tu vas prendre !

Allongé sur le carrelage, je grimace. J'ai mal au genou. En tombant, j'ai buté contre le banc où mes habits sont soigneusement pliés. Mon agresseur me lâche. J'ai à peine le temps de me relever pour attraper ma serviette et cacher ma nudité que mon bourreau m'assène un coup de torchon mouillé sur le corps. Cette nouvelle douleur me fait oublier la première. La serviette qui cache mon sexe est tombée. Je suis à présent nu devant cet homme qui profite en toute impunité de ma vulnérabilité. Il m'injurie :

– Pourriture ! Enfoiré ! Crapule !

... Et il continue à me martyriser en me balançant des coups de torchon mouillé sur tout le corps. Puis c'est avec une chaussette qu'il cogne. Mais pas n'importe quelle chaussette : à l'intérieur, il a mis une savonnette. C'est comme frapper avec un marteau. Je tente de protéger mon visage, je ne vois plus rien. Je ferme les yeux et encaisse les coups successifs en suppliant intérieurement que s'arrête la main de cette brute épaisse ! Mais ça ne s'arrête pas. Il cogne encore et encore... Jusqu'à ce que son complice l'appelle. Ils doivent filer s'ils ne veulent pas être pris en flagrant délit. Un dernier coup de savonnette en plein dans les côtes et ils déguerpissent.

Je m'effondre sur le carrelage et reste là, prostré, groggy, meurtri, humilié. De longues minutes passent avant que je ne parvienne à me relever et me traîner, tout doucement, jusqu'au petit banc. Je m'assois et je ne bouge plus. Chaque partie de mon corps me lance. Je reste là longtemps et je pleure... Je ne peux pas m'arrêter de pleurer. Je suis seul, sans secours, sans personne pour me réconforter. Victime d'une fausse réputation, d'un traquenard. De ma lâcheté ?

Après être resté à moitié dans les vapes je ne sais combien de temps, je me lève et vais me laver le visage. Je ne veux pas que l'on voie mes yeux rougis par les larmes. J'ai trop honte ! Honte de n'avoir pas su hurler que je n'étais pour rien dans ces meurtres ! Honte d'avoir subi sans un mot ! Honte de ne pas m'être défendu ! Honte de n'avoir même pas essayé ! Honte, finalement, de ce que je suis... Un gars pas très courageux. Mais qui peut réagir, face à des brutes pareilles, à part une brute semblable, aussi violente, aussi bourrée de haine ? Je ne le serai jamais. Alors je vais souffrir.

Car cette « correction » est la première d'une longue série. Ici, quand on tient une victime, on ne la lâche plus. Les douches sont ma hantise. Les scènes de violence s'y répètent. Et bien sûr, pas question de me plaindre. De cafter. Ils m'ont prévenu : « Si tu parles, on te fait la peau ! » C'est la loi du milieu appliquée à la prison. Je vis donc, au quotidien, avec mes bourreaux. Je les croise chaque jour dans les couloirs, la peur au ventre. Je peux m'estimer chanceux de ne pas avoir été violé. Pas encore. Ce sera pour plus tard. D'autres pourris vont s'en charger. Ailleurs, dans une autre prison. Chaque souffrance en son temps...

Deux ans passent comme ça. Deux ans !... Ma vie, c'est de la terreur pendant deux ans. Mes deux premières années de détention « provisoire ». Seul avec la trouille. De seize à dix-huit ans, les sentiments les plus présents et les plus constants sont ceux-là : solitude et peur. En attendant chaque jour que l'on me donne la date du jugement, et en continuant de me faire traiter d'assassin, puisque j'ai « avoué ».

Désormais, pourtant, on sait que je suis revenu sur mes aveux. Mais personne ne veut me croire. La machine judiciaire est en marche, et elle ne connaît pas la marche arrière. Je répète à longueur de temps que j'ai menti, que je suis innocent. Je l'écris tous les jours. Mais ça ne sert à rien. Je suis là, à croupir au fond de ma cellule. Et les mois passent...

J'essaie néanmoins de me maintenir en bonne forme. Je ne veux pas me laisser aller et perdre espoir. Je veux conserver ma dignité. En commençant par les détails. Je veux rester propre, présentable. Je fais laver mes vêtements à la buanderie de la maison d'arrêt en échange de quelques gâteaux que je fabrique. Étant interdit de parloir, je ne peux les confier à mes visiteurs, comme le font les autres détenus. J'essaie aussi de garder le moral, de voir clair en moi. J'y suis aidé par l'aumônier de la prison, qui a très bien compris que la religion n'est pas mon fort – même si je suis baptisé – mais que j'ai le sens d'une « force supérieure » qui pourrait me soutenir.

Je suis également aidé par mon avocat, qui croit en mon innocence depuis la reconstitution et prépare mon procès. Mais c'est long, très long... J'attends. Chaque jour, j'espère qu'on va m'annoncer la date d'ouverture de ce fichu procès. Je finis par me demander s'il viendra... Et puis, un après-midi, un gardien vient me chercher.

– Dils. Ton avocat au parloir !

Je me lève, prends un pull et sors à toute vitesse. J'ai hâte de savoir ce qu'il a à me dire. J'espère une bonne nouvelle. Un miracle ?

J'arrive au parloir, Me Becker est déjà là, assis. Il a l'air de bonne humeur. Mais un peu tendu.

– Bonjour, Maître.

– Bonjour, Patrick ! Ça va ? Tu tiens le coup ?

– Ça va...

– Il faut que tu tiennes le coup. J'ai une nouvelle pour toi. La date du procès vient enfin d'être fixée. Tu seras jugé à partir du 27 janvier 1989 par la cour d'assises des mineurs du département de la Moselle. Le procès devrait durer une semaine environ.

– Ah bon ! Mais qu'est-ce que je dois faire ? Comment ça va se passer ? Je vais sortir, après ?

– Eh bien... d'abord on va te juger. Les jurés vont t'écouter, et puis ils décideront si tu es coupable ou non...

– Mais je vous l'ai dit, je ne suis pas coupable. J'ai rien fait et on a envoyé la lettre à la juge ! Elle le sait, que j'ai menti pour les aveux...

Me Becker m'explique alors :

– Oui, mais tu as quand même avoué au début. Je ferai de mon mieux. Je te le promets. Ne t'inquiète pas. Je vais t'aider...

Je sais que Becker est persuadé que je ne suis pas coupable. Et qu'il va se démener comme un diable. À ses risques et périls. Il va recevoir des menaces, sa femme aussi, et ses enfants. Dans l'esprit des gens, il défend le pire monstre qui soit.

– Tu vas plaider non coupable et on va bien se préparer. Tu es innocent, il faudra le hurler et se battre.

Il clôt la conversation sur ces mots rassurants.

– D'accord, dis-je en guise d'au revoir.

Sur le point de me quitter, Me Becker se retourne vers moi.

– Tes parents t'embrassent très fort. Ton petit frère aussi. Allez, ils sont avec toi. Tiens le coup ! Prends soin de toi. À bientôt, petit.

– À bientôt, Maître, et merci.

Je sors du parloir. Je respire. Enfin ! ça y est, je vais être jugé. Même si à ce moment-là je ne comprends pas bien l'utilité d'un procès, puisque j'ai dit que j'avais menti et que j'étais innocent. Ils devraient me libérer, tout simplement, puisqu'il n'y a rien contre moi, à l'exception de mes propres mensonges... Hélas ! psychologiquement, je n'ai pas fait beaucoup de progrès. Il faut dire que l'isolement et les mauvais traitements infligés par les détenus ne m'aident pas.

Comme je ne mesure pas bien l'importance de cette échéance, je me contente de l'attendre tranquillement. Apparemment, je n'ai pas le choix... Petit à petit, je commence à penser que les jurés, ces gens dont me parle mon avocat, ceux qui auront ma vie entre leurs mains, me croiront. Ce sont des êtres humains, et sûrement impartiaux. Pas possible qu'il n'y ait que des personnes comme Varlet qui s'occupent de cette affaire. Eux, les jurés, ne sont pas forcés de trouver un coupable à n'importe quel prix.

Je me dis que je vais bientôt rentrer à la maison.

– 4 –

PERPÉTUITÉ

La salle est immense, glaciale. Elle me fait penser à une cathédrale. C'est très impressionnant. L'atmosphère y est lourde et inquiétante. C'est la première fois que je mets les pieds dans une cour d'assises, évidemment. À la pire des places. J'avance dans le box des accusés. J'ai les mains dans le dos, les menottes aux poignets, encore. Toujours les menottes... Je n'étais qu'un bloc d'angoisse dans le fourgon qui m'a amené. Mais là, subitement, j'ai froid. De nouveau je suis pris de panique, comme lors de la reconstitution... Je tremble comme une feuille, de la tête aux pieds. La seule chose que j'arrive à faire, c'est chercher mes parents. Je tourne la tête vers la droite. Le public est peu nombreux, car nous sommes dans une cour d'assises des mineurs et le procès se déroule à huis clos. J'ai beau regarder, je n'aperçois ni mon père ni ma mère. Ces gens assis, alignés sur des bancs, les uns derrière les autres, doivent certainement les cacher. Mon regard balaie chaque rangée... Et ce sont les familles des victimes que je vois. Des visages marqués par le calvaire qu'ils vivent depuis deux ans. Je reconnais la grand-mère d'Alexandre, une femme d'une soixantaine d'années, blonde, les cheveux ramassés en arrière. Des traits durs. Elle n'avait pas cette expression quand je la croisais autrefois dans le quartier. Elle est tournée vers moi et je sens son regard me transpercer comme une lame. Toute la haine du monde est dans ses yeux. J'ai l'impression qu'elle essaie de me foudroyer sur place. C'est insupportable. Je détourne la tête...

Et je vois enfin mes parents. Seuls à l'extrême droite de la salle. C'est plus insoutenable encore. Ils courbent le dos, baissent la tête. Comme s'ils supportaient un poids de plusieurs tonnes sur leurs épaules. Ils ont l'air si perdus. Ils semblent avoir beaucoup vieilli. Mon ventre se tord de douleur de les voir si malheureux. Ils sont meurtris dans leur chair, impuissants. On va juger leur enfant et ils ne peuvent rien faire...

Et soudain un cri, de haine pure. Je n'ai même pas eu le temps d'atteindre ma place dans le box des accusés.

– Tu ne dois pas sortir de prison ! Si on t'acquitte, c'est moi qui te tuerai !

Je reconnais immédiatement l'homme, fou de douleur, qui vient de bondir de sa place et tente de se précipiter vers moi en hurlant. C'est le grand-père d'une des petites victimes. Son visage est déformé par la souffrance. Immédiatement les forces de l'ordre le maîtrisent. Le pauvre homme ne résiste pas et fond en larmes. Les sanglots dans la voix, le doigt pointé dans ma direction, il lâche alors un ultime anathème – « Je te tuerai ! » – avant de se rasseoir.

Tétanisé par son désespoir, j'ai observé la scène sans un geste, sans un mot. Que dire, de toute façon ? En plus, une violente rage de dents me paralyse la mâchoire. J'ai l'impression d'avoir entendu la sentence avant même que ne commencent les débats. La présidente vient tout juste de faire retentir la sonnerie marquant l'ouverture du procès et j'ai l'impression d'être déjà condamné.

Si son cri menaçant m'a glacé le sang, je n'en veux pas à ce vieux monsieur. Au contraire, je comprends, je compatis. Même s'il se trompe, il croit se trouver enfin face à face avec l'assassin de son petit-fils, la chair de sa chair. Comment ne pas comprendre sa réaction ? Qui ne rêverait pas de mettre ce qu'il dit à exécution, dans de telles circonstances ? Il ne doute pas que je sois le meurtrier. Comment pourrait-il douter puisque tout a été fait pour que j'endosse cette responsabilité ? Seul ce procès, peut-être, s'il est équitable, le fera changer d'avis.

Les débats vont d'ailleurs commencer. L'ambiance redevient solennelle. La présidente réclame le silence. Chacun de ses mots résonne dans la salle et l'écho semble donner plus de gravité à ses propos. Pour moi, c'est vraiment très impressionnant. J'observe cette présidente qui, à l'évidence, a tous les pouvoirs. Elle est assez jeune, grande, élancée, très élégante. Elle incarne à mes yeux l'autorité et la justice. Comme tous les adultes que je croise depuis bientôt deux ans, elle aussi porte un uniforme qui indique son rang : grande robe rouge, noire et blanche, très imposante, dont les manches trop longues balayent la table à chacun de ses mouvements. Tout de suite je la crains, mais elle me rassure aussi. Elle semble posée. Ce n'est pas une excitée comme Varlet. J'ai l'impression qu'elle est disposée à prendre le temps de m'écouter... si j'arrive à parler à « haute et intelligible voix », comme disaient les maîtresses, à l'école. Les deux assesseurs de la présidente sont également des femmes. Elles l'encadrent et ce trio, par le pouvoir qui émane de lui, me donne le frisson. Mais, au fond de moi, malgré cette trouille qui ne me lâche jamais et qui me donne cet air d'animal aux abois – une tête de coupable parfait, si l'on veut –, j'ai confiance en ces femmes. J'ai foi en leur justice.

Dès le début, les jurés sont très attentifs, surtout quand la présidente retrace les faits. Je regarde ces inconnus. Des jeunes, des vieux, des visages sympathiques, d'autres effrayants... Y a-t-il des Varlet, dans cette masse ? Des gens assoiffés de vengeance qui veulent la peau du monstre, sans avoir la certitude que je suis bien le tueur ? J'ai appris que tous ces gens si différents forment une espèce de bloc et symbolisent la société. Et ils ont mon sort entre leurs mains. Dans trois jours, ils m'auront jugé.

Les débats sont ouverts. Mon défenseur est seul face aux deux avocats des parties civiles qui ne me ménagent pas. Je devrais sans doute intervenir parfois, aider mon avocat. Mais j'en suis incapable. Ces deux ans de prison ne m'ont pas aidé à mûrir. Au contraire. À dix-huit ans, je ne suis pas plus épanoui qu'à seize. Je suis encore plus silencieux et j'ai toujours autant de mal à m'exprimer. Quand je parle, je me demande si je parviens à me faire comprendre. Ma peur permanente, ma passivité maladive me nuisent. Et puis, la dernière fois qu'on m'a contraint à parler, c'était dans le bureau de Varlet, et je ne me suis pas vraiment rendu service ! À quoi servirait-il que je m'exprime, en tremblant comme une bête piégée ? Mieux vaut que je reste muet. Je laisse faire Me Becker. Depuis que je le sais persuadé de mon innocence, j'ai la certitude qu'il va convaincre les autres adultes. Même si je reste terrorisé par ce qui m'arrive, je suis confiant. Mais quelle épreuve ! Trois jours de calvaire m'attendent...

On a fait de moi un portrait ignoble. Mes parents ont entendu parler de leur fils comme d'un monstre. C'est cela, qui me fait le plus de mal. Je suis submergé par la honte de leur infliger de telles scènes. Et puis les petits vélos des enfants sont là, exposés. C'est une vision macabre. Ça m'oppresse.

Experts, témoins et policiers qui se succèdent à la barre ne parlent pas de moi mais d'un « Patrick Dils » que je ne connais pas. Un autre, un coupable, qu'ils ont inventé. Les experts me décrivent d'une manière que je ne comprends pas. Quant aux témoins, ils disent m'avoir vu, non pas sur le talus, mais dans la rue. Certains ne se trompent pas et me décrivent. D'autres sont dans l'erreur. L'homme grand, mince à la démarche incertaine qu'ils ont croisé, ce n'est pas moi. Mais il faudra attendre treize ans pour que cet inconnu soit identifié et que l'on considère enfin que ces témoins se sont trompés.

Si beaucoup de gens m'accusent, il n'y a pas plus de preuve à charge qu'il n'y en avait au moment de mon arrestation. Absolument aucune preuve matérielle. Aucune trace de sang sur mes vêtements. Pas de boue sous mes chaussures. Aucune de mes empreintes. Absence totale de mon A.D.N. sur les pierres et les corps des victimes. Et pas l'ombre d'un témoin qui m'ait vu en présence des enfants. Rien ! Il n'y a que mes « aveux ». Ces aveux bidons, extorqués, sur lesquels je me suis expliqué depuis longtemps. Et cette reconstitution, truffée d'incohérences et de failles. Pourtant... Pourtant, j'ai l'impression que tout le monde me croit coupable !

L'un des avocats des parties civiles n'hésite pas à transformer sa plaidoirie en un show destiné à émouvoir le jury. S'approchant tout près des jurés, dont l'attention se relâche au fil des jours, mais qui vont néanmoins décider bientôt de mon avenir, il s'écrie :

– Mesdames, messieurs les jurés, ce qu'a fait Patrick Dils est très grave ! Les victimes sont des enfants ! Imaginez que ce soient les vôtres !

Et subitement, il se met à pleurer. Des larmes de crocodile ! Même moi, je m'en rends compte. Ça sonne si faux que tout le monde doit le voir. Ça ne peut pas être autrement !

Puis il insiste sur l'atrocité des crimes, la violence inouïe avec laquelle ils ont été perpétrés. Il met en lumière la fragilité d'Alexandre et de Cyril, incapables de se défendre face au monstre. Il décrit l'enfer de leurs derniers instants... L'effet, dans la salle d'audience, est épouvantable. On entend pleurer les familles, obligées de supporter les détails infâmes du massacre. Forcément les jurés sont émus. Ça, c'est normal. En entendant ce plaidoyer, moi-même j'ai envie de vomir, tant cette barbarie me révolte. Moi aussi, je souhaite que le coupable de cette folie soit puni... Mais utiliser cette émotion pour la transformer en haine contre moi, c'est immonde. On est loin de la « recherche de la vérité ». Ce que veut cet avocat, c'est me voir lourdement condamné et rien d'autre. À aucun moment il ne s'occupe d'essayer de démontrer que je suis vraiment l'auteur des crimes. Peut-être parce qu'il sait qu'il n'y parviendrait pas. Est-ce que c'est ça, sa vocation, envoyer quelqu'un pourrir en prison, même s'il est innocent ?

Je commence à comprendre ce qui se passe. Rien n'a changé en deux ans. Je suis seul dans le box des accusés. S'ils ne me punissent pas moi, qui vont-ils punir ? Personne ? Ce n'est même pas imaginable. Comment pourraient-ils regarder en face les familles des victimes et dire : « Eh bien, voilà, ce n'est pas Dils, c'est quelqu'un d'autre et on ne sait pas qui. » Je suis là pour payer. Je me rappelle tout à coup l'expression de mon avocat : « Bouc émissaire... »

Je ne parviens plus à soutenir les regards qui se portent sur moi. Trop de haine... Quand je tourne la tête, c'est seulement pour voir mes parents. Je cherche du réconfort dans leurs yeux et je le trouve toujours. Je ne leur dirai jamais assez combien ils m'ont aidé à ne pas craquer pendant ce procès. Sans eux, je serais tombé au fond du gouffre.

Tout le monde s'acharne à me décrire comme une bête sanguinaire, sans la moindre parcelle d'humanité. C'est si violent que mon avocat lui-même, le troisième jour, au moment de sa plaidoirie, est obligé de se justifier pour qu'on accepte de l'entendre :

– Lorsque j'ai su qu'il s'agissait d'un enfant qui aurait enlevé la vie à deux autres enfants, j'ai accepté de prendre sa défense. Car je suis moi-même père de quatre enfants.

Il faut vraiment que l'ambiance soit nauséabonde pour qu'un défenseur – dont on admet qu'il doit être présent auprès de n'importe quel accusé, même le pire criminel de guerre – soit obligé d'expliquer pourquoi il fait son métier, tout simplement.

Me Becker poursuit et établit le portrait du vrai Patrick Dils. Enfin j'ai l'impression de redevenir ce que je suis : jeune, non violent, paisible, serviable. Un bon gosse, fragile, peureux, qui s'est plié à la volonté des policiers. Un gamin qui ne s'est pas rendu compte de la gravité de son mensonge. Enfin ! Il a fallu attendre trois jours pour ça... Et je sens que les jurés sont attentifs. Me Becker avance ses arguments pendant près de trois heures. Il explique pourquoi je ne peux pas être l'auteur des meurtres. Il montre des failles dans l'enquête, souligne qu'il n'y a aucune preuve matérielle. Il rappelle l'essentiel : je n'étais pas là à l'heure du crime, aucun témoin n'a pu dire qu'il m'avait vu sur le talus. Il détruit la thèse de Varlet selon laquelle, en moins de neuf minutes, j'aurais pu massacrer deux enfants rencontrés par hasard et rentrer chez moi, propre, sans une tache de sang. Il indique que la violence avec laquelle les crimes ont été commis ne peut être le fait d'un maigrichon, dépourvu de force physique. Quant au profil psychologique du tueur : soit il s'agit d'un fou, et d'après les experts je ne le suis pas, soit il y a un mobile et personne n'est capable de dire pourquoi je m'en serais pris à ces gosses...

Cette question du mobile des crimes n'a jamais préoccupé ceux qui m'accusent. Ils ne veulent pas en entendre parler. Ils ont mes « aveux »... J'entends encore la voix de l'avocat général quand il s'est écrié, en s'adressant directement à moi :

– Monsieur Dils, en 1987, les anges n'existent plus ! Alors, un ange devant ses parents peut être le pire monstre dans leur dos ! Un être créé de toutes pièces, tel un robot sans aucune émotion. Capable du pire, sans aucune réaction.

De quoi parlait-il ? De mon manque d'émotion ? Qu'il se mette à ma place ! Je crève de trouille. Dans ce cas-là, certains extériorisent leur peur, crient, détalent, pleurent. Moi, je reste prostré. Je suis comme ça. Qu'y puis-je ? J'ai dit que j'étais innocent mais, c'est vrai, je ne l'ai pas hurlé. Je suis incapable de me défendre. C'est pour des gens comme moi, aussi, qu'il existe des avocats. Pour prendre la parole à la place de ceux qui ne savent pas le faire. Bien sûr, j'aurais dû m'exprimer. Bien sûr, j'aurais dû clamer qu'on risquait de commettre une erreur en m'emprisonnant et, de ce fait, de laisser libre un assassin particulièrement dangereux. Mais mon éducation m'interdit de faire ça. Ma pudeur m'en empêche. Ma timidité me noue la gorge... Pendant ce procès, je suis resté moi-même et rien de plus. Angoissé mais apparemment calme et tranquille. J'ai écouté. Je me suis concentré. Et j'ai eu le sentiment que ma vie allait se jouer à quitte ou double ! Oui, je suis resté impuissant. Oui, je n'ai pas aidé mon avocat. Oui... Patrick Dils est ce jeune homme-là. Pas armé pour ce monde, pour la bagarre, même quand son sort en dépend. Et alors ? Est-ce une raison pour le haïr ?

Mon avocat s'est rassis, épuisé, en nage. Il a tenté l'impossible...

Finalement, les jurés se retirent pour délibérer. Je les suis des yeux. Que vont-ils décider ? Vont-ils briser ma vie ? Faire de moi la troisième victime de ce drame ? Dans un grand silence, la salle est évacuée. Il me reste à attendre et à espérer.

Sous escorte, je suis conduit dans une pièce qui ressemble davantage à une cave voûtée qu'à une salle d'attente des délibérés. C'est minuscule, bas de plafond. La claustrophobie me reprend. Mais je n'ai pas le choix. Je m'assieds sur le seul banc qu'ils ont pu installer. Je suis vraiment au fond du trou, en attendant que des inconnus décident de mon sort. Ma vie leur appartient et j'ai toujours du mal à l'admettre. Je suis innocent et la question de mon avenir ne devrait même pas se poser. Seul, perdu dans mes pensées, j'aperçois enfin mon avocat venu me soutenir... Et mes parents ! Ce n'est pas vrai ! Je n'y crois pas ! Ils sont là ! L'espace d'un instant, j'oublie tout. Je suis si heureux de les voir, de les serrer dans mes bras. Nous sommes séparés depuis vingt et un mois. Je murmure :

– Papa, maman, je vous aime.

Ce sont les seuls mots qui me viennent. Du fond du cœur. J'ai besoin de leur dire mon amour, intact, malgré les épreuves. J'ai besoin d'entendre à mon tour qu'eux aussi me chérissent. Surtout de la bouche de mon père. Et je n'ai pas besoin de le demander.

– Nous aussi, chéri, on t'aime. On est là, Patrick. On est avec toi. On sait que tu es innocent.

Sa voix se brise sous l'émotion. Ma mère, tout aussi émue, veut me rassurer :

– Ne t'inquiète surtout pas ! Tout va bien se passer ! On savait que ce serait dur. Mais on est là avec toi. Ça va aller. On t'aime...

Ils sont épuisés, je le vois. L'inquiétude se lit sur leur visage. Je sens bien qu'ils ont peur pour moi. Très peur. Ils souffrent de leur impuissance. Ils voudraient m'arracher à cette salle, à ce tribunal, à la prison. Et m'emmener à la maison. C'est un moment très pénible, mais qui me fait un bien fou, parce que je sens qu'ils sont prêts à tout pour m'aider. Et qu'ils sont convaincus de mon innocence. Ils ne cessent de me serrer dans leurs bras. Fort. Très fort. Jusqu'à m'étouffer ! C'est si bon ! Ils me donnent tout leur amour et la force dont j'ai besoin. Entre nous, rien n'a changé.

Mais ils me disent qu'ils seront là « quoi qu'il advienne après le verdict ». Et ça m'inquiète. Cela signifie qu'ils ne sont pas certains de ma libération. Ils envisagent que je puisse être condamné.

L'attente de la fin de la délibération du jury devient insoutenable... Je tremble de tout mon corps. Je me sens noué de partout. J'ai l'impression que des lames de couteaux s'enfoncent et se tordent dans mon estomac. J'ai froid. La tête me tourne. Mon cœur s'emballe. Il cogne fort ma poitrine, j'ai l'impression qu'il va exploser. Ma vue se trouble. Je n'ai jamais ressenti de telles émotions. C'est trop dur, ce qui m'arrive !

Enfin la sonnerie annonçant la fin du délibéré retentit. Je me lève. On m'entraîne. J'approche de la salle d'audience et je ne peux m'empêcher de penser que les jurés risquent eux aussi de se tromper, puisque Varlet et la juge d'instruction se sont trompés. Pour la première fois, je comprends que ma logique d'enfant, celle de la vérité absolue, n'est peut-être pas la leur. J'ai vraiment peur qu'ils soient capables de commettre eux aussi une erreur... Pour tenir le coup, dans ma tête, je me répète : « Il y a une justice ! Il y a une justice... »

À l'instant où je franchis la porte de la cour d'assises, je me sens perdu. Je rejoins le box des accusés comme dans une scène de cauchemar. La sonnerie retentit une nouvelle fois. Chacun a rejoint sa place. Le silence se fait. La présidente prend la parole. D'une voix solennelle, elle pose une question et aussitôt y répond elle-même :

– Monsieur Dils est-il coupable des faits qui lui sont reprochés ?

– À la majorité de huit voix au moins, la réponse est « oui ».

Mon sang se glace.

– Accordez-vous à l'accusé l'excuse de minorité dont il peut bénéficier en raison de son jeune âge à l'époque des faits ?

– Non.

Je ne comprends ni le sens de la question ni celui de la réponse. Est-ce qu'ils m'excusent ? Je me penche vers mon avocat pour qu'il m'éclaire, mais il est trop attentif à la suite des propos. La présidente enchaîne les questions à toute allure... Je n'arrive pas à saisir ce qu'elle demande et ce qu'elle-même répond.

– Est-ce que Patrick Dils est coupable du meurtre de Cyril Beining ?

– Oui.

– Est-ce que Patrick Dils est coupable du meurtre du petit Alexandre Beckrich ?

– Oui.

Coupable ! Ils disent que je suis coupable ! Ce n'est pas possible ! Je suis pris de panique. Ils ne vont quand même pas m'enfermer ! Il va y avoir d'autres questions, comme tout à l'heure lors des plaidoiries. Le vent va tourner. Il reste forcément d'autres questions, ce n'est pas possible !

Je croise les doigts, je prie, je supplie, j'implore le Ciel, Dieu, n'importe qui, mais...

– La cour et les jurés à la majorité vous condamnent à la réclusion criminelle à perpétuité.

Un mot... Juste un mot. Ça veut dire quoi, perpétuité ? Je suis libre ou pas ? Mon avocat se tourne vers moi. Je vois son regard, son visage. Et là, je comprends. Je ne vais pas recouvrer la liberté, je ne vais pas rentrer à la maison. Je vais retourner en prison. Pour combien de temps, je n'en sais rien. Je ne connais pas le sens du mot « perpétuité ». J'hésite à deviner qu'il signifie « à vie ».

Je regarde mes parents. Ils se taisent...

*
**

Aujourd'hui, je remercie Me Badinter, le ministre de la Justice qui a fait abolir la peine de mort. Sans lui, moi, Patrick Dils, dix-huit ans, innocent, j'aurais eu la tête tranchée ! Et si par chance on ne m'avait pas condamné à mort ce jour-là, ce dont je doute fort, le tueur en série qui a permis de m'innocenter en livrant des informations sur sa présence sur les lieux du crime, le jour du crime, aurait lui, de toute évidence, été guillotiné depuis longtemps pour d'autres meurtres. Et mort, il lui aurait été difficile de livrer ses informations qui, aujourd'hui, font de moi un homme libre.

*
**

Dans les minutes qui suivent le verdict, je suis évacué de la cour d'assises, toujours sous escorte, parce qu'on craint des débordements, une agression contre moi. On m'entraîne dans un escalier en colimaçon et je gagne la sortie du tribunal. Brusquement, je m'immobilise et j'éclate en sanglots. Sans même me rendre compte de ce qui m'arrive. Je pleure pour la première fois depuis trois jours. Moi, le « monstre froid » qui ne montre jamais la moindre émotion, je craque ! Je me laisse aller à la douleur. Je pleure toutes les larmes de mon corps. Surpris, les hommes en uniforme qui me tiennent par la chaînette des menottes sont forcés de s'arrêter. Mais aussitôt, sans aucune compassion, l'un d'eux me tire brutalement par les menottes et me traîne jusqu'au fourgon cellulaire.

Installé dans ce véhicule inconfortable, je vois les jurés qui viennent de me condamner à la prison à vie. Ils sortent les uns après les autres, se regroupent sur les marches du palais de justice. Et ils se tapent dans le dos ! Et ils rigolent ! Est-ce qu'ils se félicitent du sort qu'ils ont réservé au « monstre » ? Dans ce cas, qu'ils sachent qu'ils ont réussi leur coup. Je ne suis pas mort, mais c'est tout comme. Qu'ils rient, puisqu'ils ne risquent rien, puisqu'ils ont le droit de se tromper, d'envoyer un gosse en enfer.

Ils viennent de faire de moi le plus jeune condamné à la perpétuité en France. La plus lourde peine jamais infligée à un mineur. Un innocent, en plus !

Je deviens l'acteur involontaire de la plus grave erreur judiciaire commise depuis près d'un siècle...

La fourgonnette qui m'emporte roule vers ma nouvelle « existence ». Je regagne la maison d'arrêt de Metz. Le nez collé à la vitre, les yeux pleins de larmes, je pense à mes parents que je n'ai pas vus sortir de la cour d'assises. Mon père me dira plus tard que, à l'annonce du verdict, il a eu l'impression que le ciel lui tombait sur la tête. Juste quand le mot « perpétuité » a été prononcé. Il a dit alors à ma mère : « Jacqueline, on rentre à la maison. » Ils sont partis se réfugier chez nous. Loin de ce monde injuste qui nous a détruits chaque jour un peu plus.

Dans ma tête, mes idées se bousculent. Je songe à mon frère que mes parents ont protégé en le laissant à la maison. Que vont-ils lui dire ? « Tu ne verras plus jamais Patrick en liberté. Tu pourras seulement lui parler une heure par semaine. » Nous sommes tous condamnés, nous, les Dils, à travers moi. La vie ? Ma vie ? Ça n'a plus de sens. Je vais vivre derrière des barreaux. Je vais mourir en prison. Ma famille va souffrir, souffrir, souffrir sans arrêt...

Cette nuit-là, bien sûr, je ne parviens pas à fermer l'œil. Allongé sur mon lit, je refais le procès dans ma tête. Je n'arrive toujours pas à comprendre ce qui s'est passé.

Tous mes repères sont brouillés. J'ai le sentiment que le monde entier est contre moi. Innocent et incompris.

Désormais, et pendant quinze ans, c'est ainsi que je signerai chacune de mes lettres « L'innocent incompris ».

*
**

Le lendemain matin, je commence à m'installer dans ma cellule. Je ne sais pas encore combien de temps je vais rester là, mais je sens que je dois me résoudre à déballer les cartons qui traînent depuis deux ans. Jamais auparavant je n'avais eu envie d'aménager ce minuscule local. Je survivais dans l'espoir quotidien, pour ne pas dire la certitude, de sortir vite. J'ai perdu mes illusions. J'y suis, pour longtemps.

Contrairement au centre de détention où les condamnés purgent une peine définitive, la maison d'arrêt de Metz est une sorte de prison de transition où les détenus sont en attente d'une décision de justice. Ils y restent tant que la procédure qui les concerne est en cours. Mon avocat s'étant pourvu en cassation, je reste à Metz jusqu'à ce que cette cour ait pris sa décision. En effet, à l'époque, il n'y a pas réellement d'« appel » possible d'un verdict en cours d'assises. Seule la Cour de cassation peut, comme son nom l'indique, « casser » le jugement et demander un nouveau procès. Mon avocat me l'a expliqué, en me demandant d'être patient. Il faudra l'être : je vais attendre un an !

Un matin, vers 7 heures, comme chaque jour, je m'apprête à descendre travailler en cuisine. J'avale mon café, enfile un sweat-shirt et la porte de ma cellule s'ouvre. Je me retrouve nez à nez avec le responsable du greffe.

– Bonjour Dils ! Vous voulez bien me suivre ?

Cet homme que je côtoie depuis maintenant trois ans et demi, nous l'appelons entre détenus « le porteur de nouvelles ». Il est chargé de nous faire signer les papiers que transmettent nos avocats. Il nous annonce les décisions de justice... De ce point de vue, il est notre lien avec l'extérieur.

– C'est pourquoi ? demandé-je.

– Vous avez des papiers à signer.

Le ton, trop laconique, me met la puce à l'oreille. Je sais bien que je n'ai rien à signer. Je n'attends qu'une chose depuis mon procès, c'est le résultat du pourvoi en cassation. La Cour de cassation, c'est l'instance suprême. Je lui fais confiance, j'ai bon espoir qu'elle se prononce en ma faveur. Est-ce cela qu'on veut m'annoncer ?

Impatient, j'accélère le pas. Nous entrons dans le bureau du responsable des cuisines. Le « porteur de nouvelles » demande à ce dernier de sortir pour nous laisser tranquilles. Il veut me parler seul à seul. Face à lui, en tête à tête, je commence à transpirer. Je suis certain qu'il connaît la décision de la cour. Et vu sa tête, ça ne sent pas bon du tout. Il hésite, me regarde gentiment et se lance :

– Dils... Comme vous vous en doutez, on vient de recevoir les papiers de la Cour de cassation.

Je reste tétanisé. J'ai chaud. Je suis en nage. Je n'aime pas du tout le ton compatissant avec lequel cet homme s'adresse à moi. J'ai l'impression qu'il me prend avec des pincettes... Il me ménage, c'est évident. Si la décision est négative, je n'ai plus de recours juridique. C'est foutu pour moi !

– Voilà Dils. Je ne sais pas trop comment vous le dire...

– J'ai compris...

– Bien sûr, vous comprenez... La cassation a été rejetée.

Silence. Comme toujours. Je ne dis rien. C'est fini. Il n'y a plus rien à dire. La Cour de cassation vient de briser mon dernier espoir. Il lui a fallu douze mois pour ça ! Je n'ai plus aucun recours. La perpétuité ! C'est entériné, irrémédiable, irrévocable, définitif ! On ne revient plus sur la chose jugée. Ça, je commence à le comprendre. Il va falloir que je me fasse à l'idée de moisir en cabane.

Aussitôt, une nouvelle crainte me prend : le transfert. Où vont-ils m'envoyer ? Dans quel centre de détention vais-je échouer, moi qui ai eu le plus grand mal à m'intégrer ici ? Je commençais à peine à me faire deux ou trois copains. Des gens à qui parler. Je vais devoir repartir de zéro et ça m'épouvante.

J'ai tout de même quelques mois de répit, car mon avocat et le pasteur Barillet, l'aumônier de la prison, réclament la grâce présidentielle. Un autre espoir. Une branche à laquelle me raccrocher, pendant quelque temps encore...

La grâce sera refusée.

Je ne rencontre que des murs, des portes fermées. Personne ne veut m'écouter. Personne ne veut me croire. Je ne suis peut-être pas extraverti, mais il faut que je sois sacrément équilibré pour tenir le coup. Mon cauchemar dure depuis près de quatre ans déjà...

– 5 –

L'HUMILIATION

Quelques semaines après l'arrêt de la Cour de cassation, je quitte Metz. D'abord pour Fresnes, où je passe quatre mois épouvantables. Puis je retourne à Metz. Encore quelques mois d'attente et l'on me transfère définitivement au centre de détention de Toul. Je vais y rester de juin 1991 à avril 2002. Onze ans de ma vie, à cheval sur les deux siècles.

Toul, c'est un univers très différent de celui de la maison d'arrêt où j'ai séjourné. Un établissement plutôt spacieux, divisé en trois grands bâtiments principaux. Le bâtiment A regroupe des cellules accueillant plusieurs détenus, ainsi que les cuisines. À côté le bâtiment C, où les détenus sont seuls en cellule. Quant au bâtiment B, c'est le bâtiment de travail.

Je suis affecté au A et je vais y passer les premières années de ma détention à Toul. Ce bâtiment ressemble à l'idée que je me fais d'une caserne, avec un escalier central donnant accès aux deux niveaux. À chaque étage, face à la porte des escaliers, se trouve le bureau d'un surveillant. Ce dernier peut ainsi observer les allées et venues dans les couloirs. De chaque côté de son kiosque il y a les coursives qui permettent d'accéder aux cellules, collées les unes aux autres, où logent deux détenus, rarement trois. Chaque cellule est équipée d'un W.-C., dans un coin, sans porte pour s'isoler. Il y a les lits, un lavabo qui ressemble à un abreuvoir, une ou deux armoires et du matériel rudimentaire pour cuisiner. Le tout dans six mètres sur trois, traversé par de gros tuyaux de chauffage vert pastel. Au plafond, un néon diffuse une lumière froide, désagréable. La seule clarté naturelle vient d'une fenêtre munie de barreaux. Une prison. Pas la pire de toutes. Juste une prison. Pour les longues peines.

En bout de coursive, deux « salles d'activités » où les détenus peuvent jouer au ping-pong ou au baby-foot. À l'autre extrémité un atelier d'arts plastiques, et un atelier de bois. Des lieux essentiels au bon fonctionnement de l'établissement. Les prisonniers peuvent trouver à s'y occuper en fabriquant des maquettes, par exemple. On y décompresse. Ça nous évite de devenir tous fous furieux, en même temps.

À Metz, les portes des cellules étaient constamment fermées. Ici, elles sont ouvertes de 17 à 19 heures, chaque soir de la semaine. Et à partir de 16 heures le week-end. La plupart des détenus apprécient cette « liberté » de mouvement qui leur est accordée. Ils peuvent se rendre d'une cellule à l'autre sans demander la permission au gardien. Le soir, les couloirs grouillent de monde, on se rend visite, on s'invite à boire un verre, à discuter, à bricoler, à jouer aux cartes. On se détend entre copains... Si on a des copains. Moi, je n'en ai pas.

Conditionné par mon séjour à Metz, univers clos, je n'arrive pas à quitter mes six mètres carrés. Du moins les premiers temps. Et puis j'ai la frousse. Tous ces criminels avec lesquels je vis désormais quotidiennement me font peur. Ils sont plus de quatre cents à purger leur peine à Toul. Et ce ne sont pas tous des « gentils », loin de là ! L'immense majorité d'entre eux a été condamnée lourdement, de quinze à vingt ans en moyenne. Une population qui a tout pour me terroriser. J'ai l'impression d'être immergé dans un monde d'une rare violence, impitoyable, peuplé de brutes qui ne se pardonnent rien entre elles. Un monde sans femmes, sans douceur, sans tendresse, avec ses règles, ses codes, ses bandes. Un monde qui m'est étranger et dont je ne comprends pas la « morale ». Parce qu'il y en a une, je vais l'apprendre à mes dépens. À Toul plus qu'à Metz, la hiérarchie des taulards est marquée : braqueurs, voleurs, auteurs de crimes passionnels, dealers, violeurs, exhibitionnistes, tueurs fous... Je suis encore une fois tout en bas de « l'échelle sociale ». Au rang des parias.

Je crains pour ma vie. Deux ou trois heures par jour, justement, les portes sont ouvertes. Des dizaines de gars qui veulent ma peau circulent librement. Il n'est pas très difficile d'imaginer la terreur avec laquelle je passe ces moments-là. Tous les jours, j'attends en tremblant la fermeture des portes. J'ai d'autant plus peur que j'ai assisté à une agression, avec une lame, une semaine à peine après mon arrivée. Je me rendais au téléphone pour appeler mes parents. Là-bas, il est fréquent de patienter plus d'une heure dans la file d'attente. Debout, adossé au mur du couloir, je me faisais tout petit. Je baissais les yeux. Soudain, deux détenus se sont croisés. En un éclair, le premier a sorti sa lame et balafré le visage de l'autre, avant de disparaître. Le sang giclait du visage du blessé. Je me souviens avoir baissé à nouveau les yeux comme si rien ne s'était passé. Jamais je n'avais assisté à une telle scène de violence ! À Metz j'avais vu des bagarres, mais pas d'agressions aussi sournoises et sanglantes. Bienvenue à Toul !

Et là, pas question de dire un mot, sinon tu deviens une balance et tu paies le prix fort. Je sais que je suis faible et je ne veux pas m'attirer d'ennuis. Je m'efforce d'être le plus discret possible. J'aimerais que les autres ne sachent même pas que j'existe. Mais ça, c'est impossible.

Heureusement je travaille de nouveau en cuisine pendant la journée et, dès que j'ai terminé, je rejoins ma cellule le plus vite possible. Je profite de mes compétences de pâtissier pour faire plaisir aux quelques détenus que je côtoie. À chaque anniversaire, je n'hésite pas à confectionner des gâteaux, que j'offre. Si bien que certains prisonniers commencent à m'apprécier. Moi-même, je suis plutôt content d'apporter un peu de joie alentour. J'ai toujours été comme ça. Ça aussi, c'est dans mon éducation.

Mais je vais découvrir que la gentillesse ne paie pas toujours en prison.

*
**

Un jour, à l'automne 1992, alors que je m'apprête à finir mon service, un détenu de mon étage vient me trouver en cuisine. Je ne le fréquente pas mais je le croise de temps à autre. Il a un service à me demander.

– Écoute, Patrick, j'ai un anniversaire demain, tu peux me faire un gâteau ?

– Je suis désolé mais demain je vais avoir une tonne de travail. Je n'aurai pas une seconde. Vraiment désolé, je ne peux pas.

Mon interlocuteur est un homme d'une quarantaine d'années, bâti comme une armoire à glace. Quand il entend ma réponse, il devient subitement cramoisi et se met à hurler.

– Tu refuses, c'est ça ? Ça ne se passera pas comme ça ! Tu vas le payer !

– Non, pas du tout ! Ce n'est pas que je refuse. Mais demain ça ne sera pas possible. Je t'en ferai un plus tard si tu veux. Pas de problème.

Pour la première fois, j'ose refuser un service à quelqu'un. Cet homme n'est pas un « collègue » de la cuisine, je n'ai pas de sympathie pour lui et surtout je n'ai pas le temps. Il s'en fiche ! Et c'est le genre de gars qui n'apprécie pas d'essuyer ce qu'il considère comme un affront. Surtout d'un « petit mec » comme moi. Il quitte la cuisine en continuant à jurer que je le paierai. Ça m'inquiète terriblement. Le ton sur lequel il a formulé sa menace ne me plaît pas du tout... Mais, finalement, des menaces, j'en ai déjà reçu sans que quiconque les mette à exécution.

Ce soir-là, je ne le revois pas. Mais le lendemain, je le croise dans un couloir. Il descend en promenade, accompagné par un autre détenu, alors que je remonte seul en cellule. Je ne peux pas l'éviter. Il s'arrête à ma hauteur et me lance, froidement :

– Tu sais, le gâteau que tu m'as refusé hier, tu vas vraiment le payer !

Et il adresse un clin d'œil à son copain. Un regard vicieux. Je prends sa nouvelle menace très au sérieux parce que, cette fois, il ne parle pas sous le coup de la colère. Et puis il n'est plus seul. Son acolyte en débardeur me fait peur. Ce type a une sale gueule de dur. Pas très grand mais costaud, le crâne rasé comme un militaire, et des tatouages de voyou sur les épaules. Il m'a fusillé du regard. Puis il a souri... Un sourire qui signifie quelque chose de ce genre : « Tu vas voir ce qu'on va te faire ! » J'ignore ce qu'ils mijotent, mais je comprends que je dois redoubler de prudence. Je suis en danger. Ça se sent. C'est presque palpable, dans l'air.

Les jours passent et je fais mon possible pour éviter ces deux gars. Je me débrouille pour ne jamais me retrouver seul, ou presque. Je limite mes déplacements : de ma cellule au travail et de la cuisine à ma cellule, avec des collègues. Mais je n'ai rien dit à personne. Ni demandé de protection, parce qu'en prison tout service doit être rendu. Je ne veux pas entrer dans ce jeu. C'est un engrenage. Je préfère rester seul, mais autonome.

Un après-midi où je ne travaille pas, j'en profite pour aller me laver. Comme d'habitude, je me rends aux douches en caleçon et peignoir, ma serviette et mon gel à la main. C'est pratique et ça évite de mouiller ses affaires dans ce lieu toujours humide. Tout le monde, ou presque, fait ainsi. Il n'y a là aucune provocation. Et puis les douches sont très proches de ma cellule.

Ce jour-là, je reste un long moment sous le jet. Ça me fait du bien. Je me détends. Je viens de passer ces dernières semaines dans l'angoisse, à éviter les deux brutes. De surcroît mon dos me fait souffrir et l'eau chaude, sur ma colonne vertébrale, me soulage.

Ma douche terminée, je prends ma serviette et je m'essuie. Je remets mon caleçon, mon peignoir, et je sors. Une dizaine de mètres à peine me séparent de ma cellule. Je longe le couloir lorsque, soudain, j'aperçois les deux hommes qui m'ont menacé. Ils ont surgi du fond de la coursive. Ils ne se pressent pas. Sur le moment, je m'efforce de me dire qu'ils ne sont pas là pour moi, mais j'accélère quand même le pas. J'ai peur qu'ils me rattrapent. Je ne me retourne pas. J'atteins ma cellule et je m'y précipite. Je claque la porte... Mais c'est une mauvaise heure, l'une de celles où les portes restent ouvertes. Impossible de les verrouiller de l'intérieur, bien sûr. Seuls les gardiens peuvent le faire. Je m'immobilise, le cœur battant. Je cherche du regard un objet que je pourrais utiliser pour bloquer la porte. Pas de planche, ni de chaise, rien ! Je ne bouge pas. Ne fais pas un bruit. Je crève de frousse. Je sens qu'ils vont venir... Hélas ! Je ne me trompe pas.

On frappe. Je ne réponds pas. Mais d'une seule poussée, la porte s'ouvre. Je n'ai pas pu la retenir. Les deux hommes entrent. Ça y est, ils sont là, devant moi, debout, en caleçon, le peignoir ouvert. Ils voient mon corps, trop maigre. Celui qui m'a directement menacé porte un jean et une chemisette à manches courtes ; l'autre, le tatoué, a toujours son débardeur. Il fait rouler ses gros muscles. Et il a toujours aux lèvres son petit sourire vicieux.

Celui à qui je n'ai pas pu faire le gâteau s'approche de moi. Il me regarde droit dans les yeux et dit :

– Ce refus, je t'ai dit que tu allais le payer cher... Très cher !

– Je n'ai pas refusé ! Je n'ai pas pu ! C'est tout ! Arrêtez !

Pauvre réplique, mais je suis si effrayé. Et puis, de toute façon, je sais que ça ne changera rien, quoi que je dise. Ils ne sont pas là pour parler pâtisserie.

– Je ne veux rien savoir ! Tu n'as pas voulu faire mon gâteau, c'est tout. Et maintenant tu vas payer.

Je suis tétanisé... Cet état que je connais si bien, que je ne maîtrise toujours pas. Comme un chien battu... Je suis à leur merci. Ces brutes vont me tabasser jusqu'à ce que je tombe à terre comme une serpillière ! Ils ont compris tout de suite qu'ils ne rencontreraient pas de résistance. Mon corps tremblant me trahit. Je suis faible et ils savent qu'ils vont pouvoir faire de moi ce qu'ils veulent.

– Tu vas payer pour le gâteau. Et de toute façon tu es un meurtrier d'enfants ! Une sale ordure ! Tu vas voir ce qu'on fait subir à ces gens-là.

Je ne réponds pas. Je ne bouge pas. Le tatoué passe derrière moi, me force à m'agenouiller, me tord les bras dans le dos et les maintient. Je suis en déséquilibre. Je me raidis pour ne pas tomber la tête la première contre le sol... Et là, je comprends qu'ils ne vont pas me matraquer, comme à Metz. Ceux-là veulent autre chose. Cette chose que je crains depuis que Varlet m'a conduit en prison... Ils vont me violer !

L'homme à qui j'ai refusé le gâteau se place alors face à moi... Déboutonne sa braguette, baisse son pantalon. Mon visage est à la hauteur de son bas-ventre. Son sexe, devant mes yeux... Il n'est même pas excité, alors il se masturbe. Je le regarde... J'ai vingt-deux ans et je n'ai encore jamais eu de relations sexuelles. Ce sexe d'homme en érection... Je suis épouvanté ! C'est pour moi comme une arme, une menace.

– Tu vas me sucer et, tu vas voir, tu vas même y prendre du plaisir. Ça va te faire du bien. Toi aussi, tu vas bander.

D'une main, il agrippe mes cheveux et approche son sexe de ma bouche. Je ne veux pas, mais qu'est-ce que je pourrais faire ? Je suis à leur merci... Alors, j'ouvre la bouche... Son collègue, voyant que je ne tente même pas de me débattre, me lâche les mains et dit à son copain :

– Profites-en bien ! T'inquiète pas, moi je fais le guet dans le couloir.

Le tatoué sort, me laissant seul avec mon bourreau. Je suis forcé de lui faire une fellation jusqu'à ce que l'envie lui prenne de « passer derrière ». Je suis à quatre pattes, il soulève mon peignoir, écarte mon caleçon et me pénètre d'un seul coup... Il me sodomise violemment... J'ai l'impression que du feu me brûle les entrailles. La douleur est insupportable... Il va et vient au plus profond de moi. J'ai envie de hurler, mais rien ne sort. Tout est bloqué à l'intérieur. Je subis ce monstre en moi sans rien faire... Cet homme, qui me dégoûte plus que tout au monde, viole mon corps... Je le hais !

Je l'entends râler. Je ferme les yeux. Je prie pour qu'il en finisse. Dans mon malheur, j'ai tout de même une chance : cette ordure a mis un préservatif. Mais s'il est prudent, il n'en est pas moins vicieux. Juste avant de jouir, il se retire. Je pense que mon calvaire est enfin terminé. Mais non ! Il revient devant moi. Il veut m'humilier jusqu'au bout. Il arrache sa capote, se branle et, très vite, éjacule sur mon visage...

Il se rhabille aussitôt et menace :

– Il ne s'est rien passé, tu entends ? Si t'en parles, ce sera pire pour toi. Je reviendrai, et pas tout seul. On te fera ta fête à plusieurs.

Il sort... Il m'abandonne par terre, souillé...

Je ne sais plus combien de temps je suis resté dans cette position, à quatre pattes, du sperme sur le visage. Pour moi, ça a duré un siècle. Je me suis mis à pleurer. C'était trop dur... Trop dur ! Je ne méritais pas d'endurer ça. Une violence pareille, une humiliation pareille... Immonde... Rien d'humain... Immonde...

Voilà quel fut mon premier « rapport sexuel ». Un viol. Plus de dix ans ont passé. Je n'ai jamais rien connu d'autre que ça. L'ordure... J'étais une proie facile. Et je n'avais pas bronché...

Lorsque je suis parvenu à reprendre un peu mes esprits, je me suis traîné jusqu'au lavabo et j'ai lavé mon visage... J'ai prié pour que ce soit la seule souillure que j'aie à subir... Mais, bien sûr, je me faisais des illusions. La brute est revenue quelques jours plus tard. Et désormais il revient souvent. Très souvent... Le soir à la même heure, toujours. Parfois, il se masturbe devant moi et m'oblige à le sucer. Parfois, il me sodomise... Je vis dans la terreur permanente de le voir entrer dans ma cellule...

Jusqu'au jour où mon calvaire cesse, brutalement.

Car si je n'ai jamais eu la force morale de « balancer » ces crapules, par crainte des représailles, d'autres ont été plus audacieux. C'est comme ça que j'ai appris que je n'étais pas le seul à être un jouet sexuel pour ces deux sauvages. Ils ont été dénoncés et ont été transférés. Grâce à la détermination d'autres victimes, moins faibles que moi, je suis enfin libéré de mes tortionnaires. Merci à ceux qui ont eu le courage de parler.

Merci à eux, surtout, de m'avoir, par leur exemple, totalement transformé. Je comprends soudain que ma faiblesse m'entraînera toujours vers l'horreur, si je n'en viens pas à bout. Je me décide enfin à ne plus jamais me laisser faire par qui que ce soit. Plus jamais on ne me fera de mal. Plus jamais je ne subirai sans rien dire ! Rien, de personne, ni d'un flic, ni d'un juge, ni d'un violeur. Je vais changer, devenir un homme. Je refuse qu'on continue à abuser de moi ou qu'on essaie de diriger ma vie. Dans le fond, c'est la même chose. Je n'ai été jusqu'ici qu'une éternelle victime. Victime de plus fort, plus malin, plus vicieux que moi. Stop ! C'est fini. Plus jamais... Je me suis promis de ne plus jamais me montrer aussi faible et de relever la tête. Je veux être un homme, vivre dignement, même en prison, pour le restant de mes jours.

– 6 –

LA VIE QUAND MÊME

25 décembre 1992... Noël ! Je suis presque heureux. Pour la première fois depuis six ans, je ne suis pas seul. Les fêtes sont des moments toujours très douloureux à vivre, en prison. On pense à sa famille, on les imagine tous ensemble autour d'une table joliment dressée. Nous, les prisonniers, nous restons en cage. C'est très dur. Encore plus quand on n'a rien à se reprocher. Le pire Noël que j'ai passé reste celui de 1991, après mon transfert à Toul. Aucun copain. Tout seul dans ma cellule à me morfondre sur ma triste existence. Mais depuis, comme je me le suis juré, j'ai changé. J'ai compris que j'avais moi aussi besoin des autres. Ce n'est pas parce que je suis innocent que je dois m'exclure, m'isoler du reste des détenus. Il n'y a pas de raison pour que je m'inflige des souffrances supplémentaires. Je paie déjà assez cher. Et peu importe que mes potes soient des coupables. Qu'est-ce que ça peut faire ? Parmi les hommes que je fréquente désormais, certains possèdent de vraies qualités de cœur, et j'ai décidé d'en profiter. J'ai besoin d'eux comme ils ont besoin de moi. Je suis un être humain, j'ai

besoin d'échange et d'affection. Puisque je dois vivre ici, même si c'est injuste, autant que j'essaie de passer le temps le moins douloureusement possible.

Alors aujourd'hui, jour de Noël, je me sens bien. Non seulement je ne suis plus seul, mais c'est même moi qui suis à l'origine de la fête. Je me suis débrouillé pour obtenir l'autorisation de faire un déjeuner dans la salle d'activités et j'ai invité mes cinq nouveaux copains. Il est 13 heures. Je viens de terminer le bon repas que je leur ai concocté et je dresse une jolie table accueillante pour mes amis qui arrivent les uns après les autres. Je suis content car ils sont tous à l'heure et se sont faits beaux pour l'occasion. Ça peut paraître puéril pour qui n'a jamais connu la taule, mais je vous assure qu'ici le moindre détail prend une importance énorme. Vitale parfois.

Il y a Robert, qui partage ma cellule depuis plusieurs mois. Il a une quarantaine d'années. Je l'apprécie énormément. Il a écopé de quinze ans, mais il ne perd jamais le moral. Toujours de bonne humeur, gai, souriant, à l'écoute des autres. Il me remet souvent sur pied quand je déprime. Il nous arrive de ne pas fermer l'œil de la nuit. Nous discutons, c'est sans fin, captivant. Il me fait rêver quand il parle, et n'évoque jamais notre enfer quotidien. Si étrange que cela puisse paraître, je ne sais même pas pourquoi Robert est en prison. Je n'ai pas cherché à l'apprendre et je ne le lui ai jamais demandé. Pour moi, aucun délit n'est justifiable ni respectable. À partir du moment où ces hommes ont franchi les frontières de la loi, ils ne sont plus du bon côté de la morale que mes parents m'ont inculquée. Alors, pour ne pas les juger, je préfère ignorer le mal qu'ils ont fait à l'extérieur. Car ici, ils me font du bien. Et j'en ai trop besoin.

Autre invité, Pierre, mon collègue. Je l'aime beaucoup, lui aussi. Il m'a fait découvrir la peinture. C'est un vrai passionné, il prend plaisir à m'apprendre à reproduire des paysages... En taule ! C'est un comble. Une façon de rêver. Nous peignons ce que nous ne pouvons pas voir. La nature me manque beaucoup... Pierre est aussi, à sa façon, quelqu'un de joyeux, un « déconneur », comme on dit ici. Il ne cesse de blaguer, de m'envoyer des vannes. Il me fait beaucoup rire. De cela j'ai besoin : rire ! Il paraît que c'est le propre de l'homme. Quand on ne rit plus du tout, on est à moitié mort. Je suis resté quatre ans sans rire... C'est presque inimaginable.

Henry, le troisième du groupe, a une cinquantaine d'années et purge sa peine depuis sept ans. Je l'admire. Comment fait-il pour conserver cette joie de vivre communicative au milieu de ce cauchemar ? Il passe son temps à faire le guignol et à nous faire marrer. Je crois que c'est sa façon de tenir le coup. Pourtant il faut tout de même avoir un sacré caractère pour y parvenir. J'essaie d'en faire autant, mais ce n'est pas facile tous les jours. Aujourd'hui, je suis gai et je tiens à le rester. Rien ne doit gâcher cette fête de Noël !

Le quatrième de mes copains s'appelle Laurent. C'est notre cantinier. Le rebelle de service, qui a toujours des histoires à raconter. Il a la cinquantaine lui aussi et exècre l'ordre, déteste l'autorité. Il passe son temps à se révolter contre le système pénitentiaire. Et ce ne sont pas les occasions qui manquent.

Mon ami, mon véritable ami, arrive le dernier. Je l'appellerai T. pour préserver son anonymat. Il est encore incarcéré et je ne souhaite pas qu'il ait d'ennuis avec certains détenus à cause de ce que je relate ici. T. et moi sommes très proches. Il est plus jeune que les autres, vingt-huit ans. Cinq de plus que moi seulement. Nous tirons tous deux notre peine depuis six ans. En plus nous partageons le même passe-temps : la philatélie. Ces points communs nous ont très vite rapprochés. T. n'est pas incarcéré dans le même bâtiment que le mien, mais dès l'ouverture des portes il vient me rejoindre pour bavarder.

Je suis heureux d'être avec mes copains, et fier d'être à l'initiative de la réunion. Ils ont tous apporté des cassettes et des C.D. Et c'est en écoutant Bob Marley que nous entamons le repas. Copieux repas, repas de fête ! L'ambiance est excellente, on ne s'entend même plus parce qu'on parle tous en même temps. Leur amitié me fait vraiment chaud au cœur. Pour la première fois depuis longtemps je ne me sens pas exclu, je ne me sens pas « de trop ». Au contraire ! ils n'arrêtent pas de me féliciter pour le déjeuner. Je leur fais plaisir et c'est exactement ce que je souhaitais.

Vers 17 heures, le repas est terminé. Je me lève de table car la musique s'est arrêtée. J'ai envie de leur faire écouter une de mes cassettes, histoire de prolonger encore un peu la fête.

– Je vais chercher de la musique, je reviens tout de suite.

– Tu veux que je t'accompagne ? me propose gentiment T.

– Non, c'est bon. J'en ai pour une minute.

Cinquante mètres à peine séparent la salle de ma cellule. Un court trajet... Mais pour moi, brusquement, tout bascule. J'ai fait une grosse bêtise... J'aurais dû éviter de me retrouver seul, même pendant quelques minutes. Au moment où j'entre dans ma cellule, je reprends subitement conscience de ce qu'est ma vie. Je suis un paria... Un « tueur d'enfants »... Condamné à perpétuité... Vieillir derrière les barreaux... Apprendre la mort des miens... Des murs, des serrures... La torture permanente de l'enfermement... Je n'ai rien à faire ici. Je n'ai pas ma place dans cette prison... Mais qu'est-ce qui m'arrive, bon sang ? Tout se passait si bien. J'étais avec mes amis, je les aime... Je riais aux éclats... Seul, je craque.

J'oublie la cassette que je suis venu chercher et, instinctivement, je colle mon nez à la fenêtre. Il n'y a rien à voir. Mais c'est souvent ainsi, debout, les yeux fixés sur le « dehors », que je me mets à penser à mes parents. Car eux sont à l'extérieur. Je me prends à rêver que je suis avec eux. Tous autour de la table que maman a dressée pour sa petite famille... Mais non. Il me suffit de fermer les yeux pour les voir tous les trois autour de la table, chacun les yeux rivés sur mon assiette. Ma chaise est vide... Maman a dû placer le sapin de Noël juste à côté de ma place, comme quand j'étais petit. Je sais qu'ils retiennent leurs larmes, qu'ils font semblant. Leur tristesse m'est insupportable. Ils souffrent de mon absence. Ce qui nous arrive est inhumain.

Les yeux dans le vide, la tête entre les barreaux, je regarde au dehors. Il fait froid et gris. Ce Noël, comme les autres, loin des miens, est lugubre. J'ai beau essayer de m'étourdir, mes parents et mon frère me manquent.

C'est viscéral. Je finis même par me culpabiliser d'avoir cherché à m'amuser alors qu'ils doivent être si malheureux... Mes parents... Mes parents qui, de toute ma détention, n'ont pas manqué un parloir. C'est à la fois merveilleux, le parloir, et frustrant. On est comme paralysé par le bonheur douloureux de se voir, c'est si fort qu'on n'a rien à se dire. « Ça va ? – Ça va, oui. » Que raconter d'autre ? Parler, pour ma famille, de la rue Vénizelos et des voisins ? Avouer, pour ma part, les viols que j'ai subis ? Pas question. Juste un peu de linge échangé, la tendresse dans un regard, quelques paroles d'espoir quand on attendait l'appel, quelques lourds soupirs de détresse après le rejet de la cassation et la sonnerie retentit, on se quitte. Mais ce qui compte, c'est de me retrouver auprès d'eux, papa, maman, mon petit frère, régulièrement.

Seulement ce soir ils ne sont pas là, et je commence à pleurer. Il ne faut pas, pourtant. Il faut que je me reprenne. Je m'approche du lavabo pour me passer de l'eau sur le visage. Dans le miroir, je vois mes yeux gonflés. Je ne veux pas que mes copains me retrouvent ainsi. Je ne veux pas gâcher la fête... Depuis combien de temps suis-je parti ? Je ne sais plus. Je me ressaisis, prends la cassette...

À cet instant, on frappe à la porte. T. passe la tête.

– Ça va, Patrick ?

– Oui, oui...

Je voudrais dissimuler mon trouble, mais je n'y parviens pas. T. comprend ce qui se passe au premier coup d'œil. D'ailleurs, s'il est venu, c'est qu'il a pressenti quelque chose. Il connaît ma fragilité. Quand il a remarqué que je ne revenais pas immédiatement, il s'est inquiété.

– Qu'est-ce qui t'arrive ? demande-t-il.

– Rien. Ça va passer. T'inquiète pas. Retourne avec les autres. Je me calme et je reviens. Te fais pas de bile...

Je tente de le rassurer, mais c'est tout juste si j'arrive à articuler. Mes yeux sont encore larmoyants, mes lèvres tremblent. T. se rend compte que je suis à bout, au bord de la crise de nerfs. Il s'approche et me serre dans ses bras.

– T'en fais pas, Patrick, c'est normal que tu sois triste. On est tous tristes à Noël. On pense tous à nos familles. Elles nous manquent. Mais ce n'est pas une raison pour se terrer dans un coin et se morfondre tout seul. On est là pour se soutenir... Pleure, va. Pleure un bon coup, si ça peut te faire du bien.

– Mais tu comprends, j'ai honte, on est bien tous ensemble et moi je craque...

– Arrête ! Il faut pas avoir honte. Les hommes aussi ont le droit de pleurer.

Alors je me laisse aller. Je pleure contre son épaule. Comme un gosse malheureux. Je ne peux plus m'empêcher de chialer. Mon ami me soutient et ça me fait du bien. Cette chaleur, cette tendresse, c'est ce qui me manque tant ici.

Malheureusement ce moment d'intimité et de gentillesse est de courte durée. Dans un univers carcéral, il n'y a pas de place pour l'intimité et la gentillesse. C'est le monde de la laideur... La porte s'ouvre brutalement et un surveillant s'introduit dans la cellule. Il nous voit dans les bras l'un de l'autre, s'immobilise.

– Ah ! Excusez-moi, je vous laisse... Je repasserai plus tard.

Il s'éclipse aussi vite qu'il est apparu. Nous n'avons pas le temps de lui expliquer ce qui se passe. T. a agi sans arrière-pensée. Je me suis laissé aller sans arrière-pensée... Mais, en taule, il n'y a que des arrière-pensées ! Même chez les surveillants. T. et moi comprenons immédiatement qu'il y aura des conséquences à cette scène. Et qu'elles ne seront pas en notre faveur.

– Patrick, c'est la merde, dit T. À tous les coups il va raconter partout qu'on est amants.

Évidemment, tout le monde sait que ni T. ni moi ne sommes homosexuels, mais nous connaissons la puissance de la rumeur. En prison, il peut faire une chaleur à crever, si la rumeur dit qu'il gèle à pierre fendre tout le monde se promène avec un bonnet et une écharpe. La rumeur est la plus forte, toujours.

Dès le lendemain, ça ne loupe pas ! Je sens les yeux se poser sur moi. Les regards ont changé. Ceux des surveillants comme ceux des détenus. Toute la prison sait que T. et moi avons été « surpris » par un gardien. Ce dernier s'est empressé de raconter « l'histoire » à tout le monde. Décidément, les surveillants se croient tout permis ! La rumeur, c'est d'abord eux qui la colportent. Ils n'ont aucun respect pour les détenus.

Et c'est reparti : de nouveau, je me sens coupable. Être désigné comme « pédé », en prison, c'est non seulement difficile à vivre, mais ça peut être très dangereux. Ça commence par une étiquette rose sur la porte de la cellule, ça continue avec des insultes. Les coups arrivent très vite.

Les viols... Je sais ce que c'est. Mais ce que je ne supporte pas, c'est d'être accusé, une fois de plus, à tort.

Qu'on ne se méprenne pas. Je ne considère pas l'homosexualité comme un crime, chacun fait ce qu'il veut. Mais ce que j'ai subi m'a largement traumatisé et je ne veux pas, en plus d'être considéré comme un tueur de gosses, devenir « celui qui se fait f... par ses potes à tout bout de champ ». Car la rumeur se répand vite, très vite, dans ces cas-là. Et je connais par cœur le processus d'humiliation.

En prison, quand il est question d'homosexualité, l'hypocrisie règne. Un sujet tabou. Certains détenus ont des rapports sexuels les uns avec les autres, mais rares sont ceux qui les assument. Le milieu carcéral est « macho ». C'est un monde de frustration permanente et c'est pour cela que les viols sont si fréquents. Ceux qui s'y livrent satisfont leurs désirs sans passer pour des « pédés ». Car en taule, le « pédé », c'est seulement celui qui subit la pénétration. Pas celui qui viole. C'est atroce mais c'est ainsi. J'en sais quelque chose.

En revanche, il existe de vraies histoires d'amour entre des hommes qui n'étaient pas homosexuels avant d'entrer en prison et qui, par besoin de tendresse et d'amour, franchissent le pas.

Je ne les juge pas. Je peux comprendre que la sexualité manque à l'immense majorité des hommes, même si ça n'a jamais été mon cas. N'ayant rien connu d'autre que les violences sexuelles, l'absence de relations physiques ne m'a jamais perturbé. Je suis vierge, car je me refuse à considérer le viol comme une « première fois ». Ce que j'ai subi et ce que j'ai été contraint de faire n'a rien à voir avec l'acte d'amour que je rêve de connaître un jour.

Tous les détenus attendent avec impatience le premier samedi de chaque mois, parce que Canal + diffuse un nouveau film pornographique. C'est un authentique événement. Un soir de fête. Plus que les scènes de coït, c'est le fait de voir des images de femmes nues qui comble les prisonniers. Même virtuelles, elles aident à fantasmer, ce qui n'est pas facile dans cet univers masculin si rude. L'administration pénitentiaire est heureusement consciente du manque sexuel qui accompagne l'enfermement. Les responsables ont compris que la pornographie peut jouer un rôle utile, voire indispensable. Elle permet sans doute de limiter les dérapages et agressions sexuelles entre détenus. Alors, à Toul, nous avons droit à un film X par semaine, diffusé par un canal interne. Bien sûr, les films sont visionnés par l'équipe du service social avant d'être vus par les détenus. Le service social censure certaines scènes, en particulier celles qui ont trait aux relations homosexuelles. Souvent, de ce fait, les longs métrages qui sont projetés manquent de cohérence. Et comme les pornos ne brillent pas par la qualité de leurs scénarios...

Malgré ce contrôle systématique, nos censeurs n'évitent pas toujours le dérapage. Ainsi un soir, après dîner, Robert – mon compagnon de cellule – et moi-même nous apprêtons à regarder le film. Robert allume la télé, sélectionne le canal interne, puis s'installe comme à l'accoutumée sur son lit face à l'écran. Je rejoins le mien. Le film débute. Robert se tait, captivé par la première scène hard : un couple en extase sur le sable blond d'une plage sublime... Dehors, il y a de l'orage. Les gémissements de l'actrice sont ponctués par des coups de tonnerre. Je regarde moi aussi, avec moins d'intérêt que mon voisin. Et soudain, stupeur ! Une scène homosexuelle. Un grand gaillard aux muscles saillants se joint au couple et s'« occupe » de l'homme. Des « pédés » sur le canal interne de la prison ! Le pire tabou du milieu carcéral diffusé à quatre cents détenus en même temps !

Ça m'est insupportable. Les souvenirs des viols que j'ai subis me reviennent aussitôt en mémoire. Je ne veux pas, je ne peux pas voir ça. Je me lève et je vais à la fenêtre pour regarder dehors, l'obscurité et les éclairs.

J'entends Robert, outré lui aussi, crier au scandale. Mais, quand le film se termine, il s'endort immédiatement. Moi, je n'ai pas pu fermer l'œil de la nuit.

Le lendemain matin, toute la prison ne parle que de ça. Chacun y va de son commentaire, mais la réaction est unanime : les prisonniers sont révulsés. « Tu te rends compte, c'est inadmissible de nous montrer des trucs pareils. Comme si on n'était pas déjà assez emmerdé par tous les détraqués qu'il y a ici ! » Certains n'hésitent pas à dire carrément que ce film va donner des envies aux pervers sexuels et entraîner des viols...

Lorsque j'arrive en cuisine pour prendre mon service, je remarque Christophe, un collègue, en grande conversation, très animée, avec d'autres cuisiniers. Je le salue.

– Salut, Christophe, ça va ?

Étrangement, la conversation cesse. Le silence se fait.

– Impec', Patrick, me répond gentiment Christophe. Et toi, mon pote, ça roule ?

– Impec' !

J'abrège les politesses. Leur conversation ne reprend pas. Mon copain préfère lancer quelques banalités. Les autres gars m'adressent des regards gênés. Ma présence semble les embarrasser. Ça m'inquiète un peu. Je les trouve bizarres, sauf Christophe qui continue de blaguer. Il y a un malaise et c'est dû à ma présence, j'en suis sûr. Je n'ai pas la moindre idée de ce que j'ai pu faire pour qu'ils se montrent si gênés. Mais voilà des mois que je me suis promis de ne plus laisser s'installer de situation ambiguë, de ne plus laisser les choses pourrir. Finie la tactique de l'autruche ! Je n'enfouis plus la tête dans le sable. Les problèmes ne se règlent pas d'eux-mêmes, je l'ai appris à mes dépens. En général, si on ne fait rien, ça empire. Mieux vaut crever l'abcès.

Pour parler à Christophe, je l'entraîne à l'écart. J'ai confiance en lui et j'ai la conviction qu'il m'estime assez pour être honnête.

– Qu'est-ce qui se passe, Chris ? Les mecs sont bizarres avec moi. Tu sais pourquoi ?

Il baisse les yeux. Ma question, très directe, le dérange. Il hésite un instant, cherche ses mots. Et puis, il se lance :

– Eh bien, voilà... Il y a des bruits qui courent comme quoi, hier soir, tu t'es fait sauter par Robert pendant qu'ils passaient la scène homo à la télé.

Je fais un bond sur place.

– Quoi ? C'est du délire ! Vous avez pété les plombs ?

Et, sans attendre sa réponse, je perds mon sang-froid et me mets à hurler :

– C'est pas vrai ! J'en ai ras le bol, de ces conneries ! Cette fois, je vais pas me laisser faire. Dis-moi qui est le salaud qui a inventé cette rumeur ? Je veux savoir !

Christophe n'en sait rien... C'est dégueulasse ! Je ne vais tout de même pas aller voir chaque gars dans sa piaule pour expliquer qu'il ne s'est rien passé avec mon compagnon de cellule... Je sais bien que ce ragot découle de l'incident de Noël, quand le surveillant m'a « surpris » en train de pleurer sur l'épaule de T.. C'est ce surveillant qui, à tous les coups, fait courir ces sales bruits. Le répugnant personnage qui raconte, cette fois, que Robert et moi avons couché ensemble ne peut être qu'un surveillant. Qui d'autre est supposé « mater » par l'œilleton, en pleine nuit ? Les gardiens sont soi-disant censés nous surveiller et nous protéger. Mais certains d'entre eux sont de vraies pourritures qui usent de leur autorité pour nuire à des types sans défense. Ils font ce qu'ils veulent. Tout leur est permis. Ils peuvent faire tout le mal qu'ils veulent, ils ne risquent jamais rien... Parce qu'ils se protègent les uns les autres. Même ceux qui sont droits, honnêtes, soutiennent leurs collègues. Chez eux aussi, celui qui dénonce devient une « balance ». C'est vraiment écœurant !

Mais le « pauvre petit Dils » n'a pas l'intention de se laisser faire. Ivre de rage, je quitte les cuisines au pas de charge, sous les regards médusés de mes « collègues ». Jamais ils ne m'ont vu dans une telle colère. Essoufflé, écarlate, furieux, je fais irruption sans frapper dans le bureau du surveillant-chef. Je n'attends pas qu'il me demande ce que je lui veux.

– Je suis furax ! Je viens d'apprendre par des détenus

que je me serais fait foutre par mon collègue de cellule ! C'est faux ! Et je ne vais pas en rester là !

Surpris par ma réaction et visiblement très embarrassé, le surveillant-chef tente de me calmer et minimise le problème.

– Vous savez, ce sont des bruits... C'est sans importance... Il ne faut pas faire attention...

J'en ai plus qu'assez qu'on me prenne pour un imbécile. Cette fois, je ne cède pas. Je me permets même de hausser le ton, pour la première fois.

– Comment ça : « ne pas faire attention » ? Il faudrait que je me laisse salir sans rien dire ? Parce que c'est Dils, c'est pas grave, c'est ça ? Pas question. Vous savez comme moi que c'est obligatoirement un surveillant qui est à l'origine de cette calomnie. Je veux son nom pour porter plainte contre lui.

– Mais... mais je ne sais plus qui était d'astreinte cette nuit...

Il se paie ma tête. Je comprends que je n'obtiendrai rien de lui, mais je le menace néanmoins de rester dans son bureau jusqu'à ce qu'il me donne le nom du surveillant...

Bien sûr, en fin de compte, je suis obligé de me retirer, sans que le surveillant-chef ait cédé. Je suis outré, la taule est une jungle où la loi du plus fort est la seule loi. Face aux détenus, les surveillants sont les rois de cette jungle. Ils peuvent nous bouffer tout crus, personne en dehors des murs ne le saura jamais !

Je dois donc, une fois de plus, renoncer à ce qu'on me rende justice. Mais mon esclandre n'est pas passé inaperçu et la rumeur a fait long feu. En tout cas, personne n'a cherché à m'agresser de nouveau. Il n'en reste pas moins que la passivité du surveillant auprès duquel je suis allé me plaindre me révolte.

*
**

Il y aurait trop de choses à dire sur l'attitude des matons. Ce livre n'y suffirait pas et ce n'est pas son sujet, mais je tiens toutefois à dénoncer certaines injustices, dans l'espoir d'attirer l'attention de nos dirigeants. L'administration pénitentiaire aurait tout à gagner à faire le ménage. Car s'il y a effectivement des fous furieux parmi les prisonniers, il y a aussi de grands pervers chez les surveillants.

Parlons déjà de l'œilleton. Certains gardiens ne s'en servent pas seulement pour vérifier que les prisonniers sont tranquilles et en sécurité. Ils épient le moindre de nos gestes, surtout lorsque la nuit est tombée et qu'il est l'heure de se mettre à l'aise. Souvent, à l'instant où je me déshabillais, j'entendais le petit loquet s'ouvrir... Il ne se refermait que lorsque j'étais en pyjama.

Parlons des douches. Il est fréquent d'y trouver toujours les mêmes surveillants, les plus vicieux – on finit par les connaître –, plantés au milieu du local, quand deux ou trois gars sont nus. Il m'est arrivé de faire remarquer à un maton que j'avais repéré son petit jeu.

Parlons maintenant... du parloir. Avant d'entrer dans le box, on doit se soumettre à une fouille. Un surveillant palpe nos habits. En sortant, il nous fait mettre en slip et vérifie chacun de nos vêtements pour s'assurer que nous n'avons rien fait entrer d'illégal dans les murs. Fouille rapide, en principe. Mais les plus « tordus » parmi les gardiens font du zèle. Un jour, l'un d'eux m'a demandé de me déshabiller. Je me suis exécuté et je suis resté devant lui en caleçon. J'ai attendu qu'il ait fouillé mes vêtements, comme d'habitude. Mais, cette fois, le vicieux a pris son temps. Ce n'étaient pas mes habits, qui l'intéressaient. C'était moi ! Il m'a reluqué de façon obscène et m'a ordonné de retirer mon caleçon. J'ai dû obéir... Son regard s'est dirigé vers mon sexe. Il n'a même pas fait l'effort de la discrétion. Il a fixé mon pénis jusqu'à ce que j'explose.

– Tu veux aussi voir mon cul ?

Eh bien, il a hoché la tête en signe d'assentiment ! Ça paraît fou, mais c'est la stricte vérité. Il a fallu que je tourne sur moi-même pour que ce gros dégueulasse regarde mes fesses ! Ça donne la mesure de leur pouvoir. Ils peuvent tout !

Parlons aussi de la violence en prison. Les gardiens, officiellement chargés de notre sécurité, ne sont jamais là quand il faut. Tous absents quand survient l'agression. Personne pour me protéger quand je me faisais tabasser, à Metz. Personne pour me porter secours lorsque je me faisais violer, à Toul, dans ma cellule dont la porte n'était pas verrouillée. Où étaient-ils, ceux qui aimaient tant, d'habitude, s'installer derrière l'œilleton ?

Parlons des conditions de détention. Quinze ans derrière les barreaux : je suis un témoin crédible. Pendant les quatre premières années, on m'a « baladé » d'un établissement à l'autre avant de me transférer définitivement à Toul. Metz, Fresnes, Toul... Pas une prison pour rattraper l'autre. Partout les conditions d'hygiène laissent à désirer. Partout la dignité des détenus est bafouée. Qui peut m'expliquer pourquoi, lorsqu'on prive un homme de sa liberté, on le force aussi à faire ses besoins devant un étranger ? Cette humiliation est-elle comprise automatiquement dans la peine ? Et ce W.-C., pourquoi est-il aussi rudimentaire ? Pourquoi n'y a-t-il pas de siège pour s'asseoir plus ou moins pudiquement ? Pourquoi n'y a-t-il pas un couvercle pour étouffer un peu les odeurs ? Pourquoi n'y a-t-il pas une petite porte ou un muret pour dissimuler le recoin ? Pourquoi n'accorde-t-on pas au détenu le droit de posséder quelque chose qui puisse faire office de paravent de fortune ? Pourquoi imposer la honte à l'un et le dégoût à l'autre ? C'est totalement injustifiable. À moins que le but ne soit d'avilir l'homme incarcéré, de le désespérer, de le déshumaniser. Est-ce que l'on veut faire des détenus des bêtes ?

Je sais que ce que je raconte est cru, grossier, pathétique. Mais c'est ça, la vie en prison. C'était ma vie. Tant pis si ce n'est pas « bien élevé » de parler des chiottes...

Parlons de la santé du prisonnier. Un exemple : depuis mon enfance, je me brosse les dents trois fois par jour, pendant trois minutes, montre en main. En prison, j'ai continué. J'ai pris un soin fou de mes dents. Eh bien, malgré ces efforts, aujourd'hui il m'en manque la moitié. Elles ne sont pas tombées toutes d'un coup. Elles ne sont même pas tombées du tout. On me les a arrachées ! C'était le seul geste que semblait connaître le dentiste de la pénitentiaire. L'arrachage. Jamais de soin compliqué, n'est-ce pas ! Plus simple et surtout moins cher. Pourquoi s'embêter à soigner des criminels ? Ils vivent très bien sans dents.

Parlons des lits. Au nom de quelle sévérité oblige-t-on

un garçon de seize ans à dormir sur un lit en ferraille alors qu'il est encore en croissance ? En quoi est-ce rédempteur d'infliger à un homme de se coucher là-dessus pendant quinze ou vingt ans ? J'ai passé cinq mille cinq cents nuits sur un lit en ferraille, alors que je souffrais d'une scoliose. Aujourd'hui, mon dos est bousillé.

Parlons de... Mais non, ça suffit. La France est le pays des droits de l'homme.

Sauf en prison.

– 7 –

L'ESPOIR...

– Patrick, arrête de tourner en rond, tu me donnes le tournis !

Mon compagnon de cellule n'en peut plus de me voir arpenter nos six mètres carrés.

– Je ne tiens pas en place, j'ai hâte de savoir ce qu'il en est ! Tu ne te rends pas compte comme c'est important !

Nous sommes en juin 1996. Je fais les cent pas depuis une bonne heure au moins. Je suis nerveux, ce n'est rien de le dire ! J'attends avec impatience de voir mes parents. Après neuf années de mauvaises nouvelles, je vais peut-être enfin en entendre une bonne. Ce serait un miracle si je revenais du parloir avec un peu d'espoir. Je me suis tellement habitué aux échecs... J'ai tellement appris à accepter les déceptions... Car paradoxalement, c'est lorsque le présage est bon, comme aujourd'hui, que je suis le plus stressé.

Cette semaine, mes parents sont allés voir un grand avocat parisien. N'ayant plus aucun recours juridique, ma mère a décidé de mobiliser la presse. Elle n'a jamais accepté de me voir pourrir en prison. Elle n'a jamais flanché... Elle a tenu le coup pendant quinze ans ! Je me demande souvent si, à sa place, j'aurais eu cette force phénoménale.

C'est l'affaire Omar Raddad qui lui a donné cette idée. Il a été condamné à dix-huit ans de détention pour le meurtre de sa patronne, Ghislaine Marchal. Mais il bénéficie du soutien des journalistes qui, pour la plupart, croient en son innocence et crient au scandale. Ce qui naturellement provoque l'intérêt de l'opinion publique. Les gens doutent de sa culpabilité et commencent à croire à la thèse de l'erreur judiciaire... Si les Français prennent fait et cause pour Omar Raddad, pourquoi n'en serait-il pas de même pour moi ?

N'ayant aucun contact avec les journalistes, ma mère a pensé qu'il fallait faire appel à un avocat de grande renommée, comme Me Vergès, qui saurait certainement alerter les médias. Intrigué par les nombreuses incohérences de mon affaire, mais trop occupé par l'affaire Omar Raddad, Me Vergès en personne a transmis mon dossier à son confrère, Me Florand, avocat pénal très compétent... Et si l'idée de maman était la bonne ?

– Dils ! Parloir !

Le surveillant vient me chercher. Il est 14 heures. Mes parents sont là. En dix ans, ils ne sont jamais arrivés à la prison en retard. Nous avons droit au minimum à une heure chaque semaine, alors pas question de perdre une minute. L'angoisse augmente à mesure que je m'approche du parloir. Si Me Florand accepte de prendre ma défense, et la médiatise, peut-être que... Je prie pour que mes parents aient réussi à le convaincre. C'est ma dernière chance.

J'arrive enfin devant l'entrée du « parloir famille », avec la halte imposée, la fouille réglementaire. Pas de temps à perdre : je vois que mes parents et mon frère sont déjà installés dans un box. Maman porte une belle robe à fleurs. Est-ce bon signe ?

La fouille terminée, je m'empresse de rejoindre les miens. Comme toujours j'embrasse papa, maman, le frangin, et m'assieds face à eux.

– Alors ? Qu'est-ce que ça a donné, avec l'avocat ? C'est bon ? Il vous a crus ? Il est d'accord pour relancer l'affaire ?

Papa me fait remarquer que je les assaille sans même leur laisser le temps d'y répondre.

– Calme-toi, mon fils. Ne nous assomme pas de questions. Laisse maman t'expliquer.

– Me Florand est d'accord pour nous aider, dit aussitôt ma mère, avec un grand sourire.

Quelqu'un nous croit et veut bien nous venir en aide. Enfin ! Au point où j'en suis, j'en ai vraiment besoin. Je ne sais pas encore comment il va s'y prendre, mais j'accorde sans hésiter une totale confiance à cet homme que je ne connais pas. Qu'il ait accepté d'écouter mes pauvres parents, à mes yeux cela suffit : c'est un homme bien. En tout cas, il a déjà réussi à les ressusciter. Il faut voir leur regard ! Plein d'espoir ! Je ne les avais pas vus si enjoués à un parloir depuis des années. Mon frère aussi, affiche un grand sourire. Alain n'a pas rencontré Me Florand. Dès lors, avec la même attention que moi, il écoute papa et maman faire le récit de cet entretien.

L'entrevue s'est déroulée dans le cabinet parisien de l'avocat, qui a beaucoup impressionné mes parents. Des meubles de style, des bibelots de valeur, quasiment tous symboles de justice. Il y a la fameuse balance, un code pénal miniature, une petite guillotine... et d'immenses bibliothèques... d'impressionnantes piles de dossiers...

Si je ne l'arrêtais pas, maman continuerait de me décrire ce bureau durant des heures, tant ce lieu l'a marquée. Moi, c'est plutôt mon futur défenseur qui m'intéresse. Maman me le dépeint comme un homme calme, doux, posé, attentif. Un monsieur d'une grande éducation, mais pas snob pour autant, plutôt simple dans son approche des autres, sachant se mettre au niveau de ses interlocuteurs. Il a une quarantaine d'années, me dit papa, qui ajoute qu'il est de taille et de corpulence moyennes, et qu'il a les cheveux roux, comme moi. J'ai toujours détesté la couleur de mes cheveux. Je la considère comme un handicap, presque une infériorité. Je ne parviens pas à imaginer qu'on puisse être un avocat prestigieux... en même temps que rouquin !

Quoi qu'il en soit, Me Florand a manifestement réussi à mettre mes parents à l'aise durant cet entretien. Lequel a duré deux heures. Il les a beaucoup écoutés. Il leur a promis de faire absolument tout ce qu'il pourrait pour me sortir de là. Car il avait étudié le dossier d'instruction avant leur arrivée et avait, lui aussi, été choqué par bon nombre d'incohérences. Il a déclaré qu'il ferait « son maximum pour trouver un élément nouveau permettant la réouverture du dossier ». Sans doute avait-il déjà l'intime conviction de mon innocence, sinon il ne se serait pas engagé.

– Si votre fils est innocent, a-t-il ajouté, on est en présence d'une des plus graves erreurs judiciaires du siècle et je le ferai savoir à la France entière. Mais procédons par ordre, il faut d'abord que je trouve de quoi demander une révision du procès.

C'est le moment que maman attendait.

– Justement, lui a-t-elle dit en sortant de son sac à main une page de journal pliée en quatre, je voudrais vous montrer cet article que j'ai découpé dans *Le Républicain lorrain*...

Elle semblait si déterminée que l'avocat a souhaité l'entendre exposer son hypothèse avant de lire le papier.

– Depuis des années, a repris maman, nous nous battons pour prouver l'innocence de Patrick. Rien n'y fait. Je crois qu'il faudrait maintenant concentrer nos efforts sur la recherche du vrai coupable...

– Ce serait évidemment la meilleure des preuves de son innocence. Mais au bout de dix ans, sans aucun indice sur un autre suspect, il va être difficile de trouver une piste...

– Lisez cet article, s'il vous plaît. Il parle du tueur en série Francis Heaulme...

Me Florand a pris le temps de faire ce que ma mère demandait avant de répondre.

– Bien sûr... Heaulme est certainement le pire *serial killer* qui ait sévi en France. Vous croyez que...

Maman s'est alors décidée à lui livrer le fond de sa pensée. Ce n'était pas qu'une intuition : sa thèse reposait sur des éléments concrets.

– Dans l'article, le journaliste dresse le portrait de Francis Heaulme et retrace son parcours criminel. Il dit que le tueur se trouvait dans l'est de la France, entre mai et octobre 1986. Or le crime de Montigny a été commis en septembre 1986. Le journaliste explique aussi que

Francis Heaulme s'en est déjà pris à un enfant de six ans et qu'il l'a sauvagement assassiné.

Me Florand a réfléchi. Il a relu l'article et noté à son tour un autre élément.

– Il y a autre chose de très intéressant. Ça concerne le mode opératoire. Francis Heaulme s'est déjà servi de pierres pour massacrer certaines de ses victimes. Les deux enfants ont bien été retrouvés le crâne fracassé à coups de pierres ?

Maman lui a répondu qu'elle avait elle aussi remarqué ce « détail ».

C'est sans doute à ce moment-là, en voyant la détermination de mes parents, que Me Florand a définitivement décidé de s'occuper de moi.

Ce jour-là, dans le box du parloir, je bois chaque mot de ce récit. J'ai l'impression qu'il fait de plus en plus clair autour de nous.

– Voilà, chéri, dit ma mère, tu sais tout...

Je voudrais pourtant lui poser encore cent questions, mais le temps s'est écoulé et nous devons nous séparer. Un surveillant apparaît. Le poignet gauche incliné dans notre direction et l'index droit qui tapote le cadran de sa montre, il nous signale que le parloir est fini.

Il ne m'a jamais été aussi pénible de quitter mes parents. L'espoir ranime mon envie d'être près d'eux, avec eux, de pouvoir les embrasser et les serrer dans mes bras aussi souvent que je le veux, aussi fort que je le peux. En tout cas nous avons tous retrouvé le moral.

– Allez, Patrick, courage, dit maman en conclusion.

Tiens bon. On va y arriver, chéri. On revient la semaine prochaine, mais d'ici là on te tiendra au courant par téléphone de la suite des événements.

– Ne vous inquiétez pas, ça ira... Le principal c'est de ne plus être seuls. Je suis sûr que cet avocat va nous aider comme il l'a promis.

Je sors et attends de passer à la fouille. Je regarde mes parents s'éloigner. Aujourd'hui ils semblent légers, comme si le fait de partager enfin notre fardeau avec une tierce personne les avait physiquement soulagés. Il est évident que Me Florand les a conquis par sa bonté et son charisme. Et son honnêteté car, à aucun moment, il n'a garanti d'arriver à ses fins. Mais le seul fait qu'il souhaite se battre, c'est énorme pour nous tous. Et son début d'optimisme est drôlement communicatif !

*
**

Retour à la dure réalité. Je rejoins ma piaule de six mètres carrés. La nuit suivante est blanche, parce que je ne peux pas m'empêcher de cogiter. Pour la deuxième fois dans toute mon existence, j'ai un pressentiment. Je suis certain que l'entrée en scène de ce nouvel avocat va provoquer un déclic. Je sens que nous sommes à un virage et que mon affaire est loin d'être terminée. La dernière fois que j'ai eu un pressentiment, c'était le 28 avril 1987, lorsque mon patron, au restaurant de Montigny, m'a prévenu de l'arrivée de Varlet. Je m'étais dit : « Patrick, fais attention, cette fois ça va mal se passer. » On connaît la suite...

Quelques semaines plus tard, Me Florand envoie auprès de moi sa collaboratrice, Estelle Dubois. L'avocat s'est mis à l'œuvre très vite et, par courrier, il me tient régulièrement informé de ses investigations. Il fait tout ce qu'il peut pour rassembler des éléments sur les homicides dans lesquels Francis Heaulme est impliqué. Il veut cerner la personnalité du tueur, son mode opératoire, son parcours criminel... Afin d'estimer la crédibilité d'une éventuelle implication de sa part dans le meurtre des enfants.

Pour obtenir ces informations, Me Florand écrit à tous les parquets de France en leur demandant de bien vouloir l'informer. Certains juges d'instruction lui répondent, d'autres pas. Petit à petit, mon deuxième avocat découvre quelques similitudes entre le massacre de Montigny et les autres meurtres commis par le tueur en série. Heaulme a été arrêté en 1992. Après cinq années d'enquêtes, il est impliqué dans douze homicides. Il attaque ses victimes au hasard. Il ne laisse aucune chance à ses proies. Sa force physique est telle qu'il peut tuer un adulte à mains nues.

Me Florand reste convaincu que le sentiment de ma mère et le sien est le bon : le mode opératoire de Heaulme – la façon dont il assassine ses victimes et les abandonne – est très important. Non seulement il a déjà utilisé des pierres, mais la plupart de ses victimes ont été dénudées. Comme l'un des enfants de Montigny. Pas de viol : aucune des victimes découvertes dévêtues n'a été violée.

Autre similitude troublante : les excréments humains retrouvés près des corps des enfants. Les policiers qui ont vu les scènes des crimes de Heaulme ont découvert qu'il avait parfois déféqué à côté des corps.

Enfin, ce qui frappe mon avocat, c'est l'absence de

mobile. À Montigny, l'enquête a conclu à un double homicide sans préméditation. On est donc en présence d'un double meurtre gratuit, l'œuvre d'un déséquilibré. Sinon, qui aurait eu intérêt à tuer ces deux gosses sans histoire, et avec une telle violence ? Pour quelle raison ?

Or, ce qui a toujours embarrassé les policiers, c'est précisément cette absence de mobile. Les experts ayant affirmé que je n'étais pas sadique, encore moins psychopathe, il fallait donc que j'aie un mobile pour tuer ces deux gosses. C'est pourquoi Marchegay m'avait suggéré cette histoire de moquerie : les enfants m'auraient vu « faire caca », ils se seraient moqués de moi, je les aurais alors massacrés. Et moi, bêtement, j'avais répété cette absurdité ! Aujourd'hui, grâce à mon avocat, je comprends mieux pourquoi on devait absolument trouver un mobile. N'étant pas dingue, il me fallait une raison d'assassiner les petits, sans quoi ma culpabilité n'était pas crédible.

Cette question ne se pose pas dans le cas de Francis Heaulme. Ses crimes n'ont jamais été prémédités. Il a toujours tué au hasard des rencontres, en suivant ses pulsions. C'est pourquoi ses crimes gratuits sont d'une violence inouïe. Et Heaulme est un tueur d'enfants ! Le petit Joris Vivile, à peine âgé de huit ans, n'a pas su renseigner le vagabond qui demandait l'heure, parce qu'il ne parlait pas français. Il a eu le malheur de lui répondre en flamand. Cela a suffi à Heaulme pour l'étrangler d'une seule main.

Je prends connaissance de ces éléments au fur et à mesure de l'enquête de Me Florand. Je suis impressionné par le flair de ma mère. La piste de Francis Heaulme vaut effectivement la peine d'être creusée... C'est peut-être celle qui me fera recouvrer la liberté. Car il ne me sert plus à rien de clamer mon innocence. Pendant dix ans, personne n'a voulu m'entendre. Ce n'est pas aujourd'hui que la justice va m'écouter. Elle ne reconsidérera son « erreur » que si la culpabilité d'un autre peut être prouvée. Du moins est-ce ce que je pense à ce moment-là.

Malheureusement, les « similitudes » découvertes par Me Florand ne sont pas suffisantes pour obtenir la révision du procès. Il nous faut un « élément nouveau », une nouvelle pièce au dossier. Cela peut être la découverte d'un fait inconnu à l'époque de l'enquête, une révélation, l'apparition d'un nouveau témoin, d'une preuve, ou mieux encore les aveux du coupable... Sans cet élément, rien n'est possible. Et tous mes espoirs s'envolent.

Alors Me Florand s'acharne, vient me voir, me rassure, insiste, remue ciel et terre. Il est tenace, il ne lâchera pas. Moi je patiente, j'ai confiance et je garde le sentiment profond d'un prochain bouleversement. Surtout le jour où mon avocat me raconte l'étrange rencontre qu'il vient de faire...

*
**

– Maître, votre rendez-vous vient d'arriver. Je lui demande de patienter ?

– Non, faites-le entrer.

La scène se passe dans le bureau de Me Florand.

Mon avocat est curieux de rencontrer Dominique Rizet, grand reporter au *Figaro-Magazine*. Ce dernier lui a téléphoné la veille. Coup de fil énigmatique. Dominique Rizet a insisté pour le rencontrer, en précisant qu'il voulait l'entretenir d'un probable rebondissement dans l'affaire

Dils. Me Florand a accepté de le recevoir. Intrigué, décidé à ne laisser échapper aucune piste, il reste néanmoins sur la réserve. Il est rare qu'un inconnu débarque pour déposer sur votre table la pièce manquante d'un puzzle, surtout dans une affaire criminelle de cette importance.

Le journaliste va droit au but.

– Je viens vous voir de la part d'un gendarme de la section de recherche de Rennes, dit-il. Il s'agit de Jean-François Abgrall, un ami, qui travaille sur les meurtres de Francis Heaulme. Il est la seule personne à qui Heaulme accepte de parler. Depuis son arrestation, Abgrall est parvenu à lui faire avouer plusieurs meurtres. Et hier...

– Il a avoué les crimes de Montigny ? coupe Me Florand avec un peu d'ironie.

– Non, c'est plus compliqué. Je vais vous expliquer...

Dominique Rizet ne se formalise pas du scepticisme de l'avocat. Il sait qu'il faut apporter des preuves pour être crédible. Alors, il s'explique...

– Hier, Jean-François Abgrall m'a appelé. Il venait d'entrer en possession du courrier que vous lui avez adressé, il y a plusieurs semaines, pour obtenir des informations sur Francis Heaulme. Votre lettre avait été mise de côté par l'un de ses supérieurs, j'ignore pourquoi. En la lisant, un déclic s'est produit dans l'esprit d'Abgrall. Il s'est souvenu de déclarations spontanées que lui avait faites Francis Heaulme en 1992. Vous savez sans doute que Heaulme a pour habitude de livrer des éléments de différentes affaires en les mélangeant, mais sans jamais rien inventer. Donc, en 1992, Heaulme raconte à Abgrall qu'il a fait une promenade à vélo, le long d'une voie de chemin de fer, dans l'est de la France. Puis il dit avoir reçu des pierres jetées par deux enfants. Il prétend être parti, avant de repasser sur les lieux quelques minutes plus tard. Là, il aurait vu les corps des deux gamins, près de wagons, non loin de poubelles et d'un pont. Il a dit aussi avoir vu des pompiers et des policiers. Tous ces éléments, Heaulme les livre d'une traite, sans qu'Abgrall ne les lui suggère, car celui-ci ne connaît pas les détails des crimes de Montigny...

Me Florand me racontera plus tard qu'il a eu l'impression de se retrouver scotché à son fauteuil. Ce que le journaliste lui expliquait pouvait peut-être permettre d'établir que Francis Heaulme n'était pas seulement « dans l'est de la France », le 28 septembre 1986, mais qu'il se trouvait à Montigny et qu'il pouvait être l'auteur des meurtres qu'il décrivait.

– Lorsque Abgrall a recueilli ces déclarations, poursuit Rizet, il a été persuadé que Heaulme venait de lui avouer, à sa façon, un nouveau crime. Pourtant, Abgrall n'a rien trouvé pour le confirmer. Seulement, lorsqu'il a eu votre lettre, vous imaginez quelle a pu être sa réaction...

– Vous êtes sûr que Heaulme a bien parlé de vélos et d'enfants qui jetaient des pierres ? Parce que si c'est vraiment le cas, c'est exactement le crime de Montigny.

– En tout cas, si c'est la même affaire – ce que je crois aussi –, on comprendrait pourquoi Abgrall n'en a pas trouvé de trace : pour la police, c'était une affaire classée, puisque jugée définitivement. Elle avait donc été sortie des fichiers.

Me Florand doit en convenir, l'information peut être décisive.

– Il n'est pas impossible que vous m'ayez apporté l'élément nouveau que je cherchais. Si Heaulme admet sa présence sur les lieux du crime, je pourrai enfin demander la révision du procès.

– Justement, renchérit le journaliste, lorsque Abgrall a pris connaissance de votre lettre, il a immédiatement adressé un rapport à ses supérieurs hiérarchiques, les informant des déclarations troublantes de Heaulme. Il faut absolument que vous récupériez ce rapport auprès de la section de recherches de Rennes.

Jean-Marc Florand, plus détendu, remercie Dominique Rizet de sa visite, et lui promet de le tenir informé de la suite des événements

*
**

Dès que le journaliste quitte son cabinet, mon avocat téléphone à la prison et je le rappelle aussitôt. Me Florand est plus optimiste que jamais. Il croit vraiment tenir le bon bout et ça s'entend. Moi, je reçois la confirmation de mon pressentiment. Je suis en mesure d'imaginer ma libération. Mais, en même temps, je sais au fond de moi que je vais rester encore longtemps en prison. Il va falloir que je m'arme de patience, parce que les mois à venir vont être durs à supporter. Les plus durs, peut-être. Des mois...

J'ignore que ce seront des années.

*
**

Revigoré par les révélations de Dominique Rizet, Jean-Marc Florand se met immédiatement en contact avec

Jean-François Abgrall. Le gendarme encourage mon avocat à poursuivre sur cette voie. Il connaît le psychisme et le fonctionnement de Francis Heaulme comme personne au monde et il est convaincu qu'il n'a pas parlé par hasard des « deux enfants ». Tout ce que dit Heaulme a un sens. Plus ou moins facile à trouver, mais un sens.

Abgrall explique à mon avocat l'essentiel du fonctionnement de cet étrange tueur en série. D'abord, lorsqu'il parle de l'un de ses meurtres, Heaulme ne commence jamais par un aveu. Il déballe en vrac des fragments de vérité, puis il donne des précisions, détaille la scène, mais sans s'attribuer le crime. Il se décrit en témoin, ou bien il prétend avoir rencontré l'assassin juste après les faits et avoir recueilli ses confidences. Il a ainsi une raison logique de connaître parfaitement les détails qu'il livre. Ce n'est qu'en le mettant au pied du mur, en lui apportant des preuves incontestables que Jean-François Abgrall est parvenu, à plusieurs reprises, à le faire avouer. Si Francis Heaulme a parlé spontanément, en 1992, du massacre de Montigny, c'est sans doute qu'il puisait dans sa mémoire.

Tout se présente bien... Hélas ! Malgré tous ses efforts, mon avocat ne parvient pas mettre la main sur le procès-verbal qu'Abgrall a établi à l'époque sur les déclarations de Heaulme. La section de recherches de Rennes l'a adressé au parquet de Metz, qui tarde à répondre aux requêtes de Me Florand... et elle finit par lui faire savoir qu'on ne trouve aucune trace de ce rapport.

Dès que mon avocat m'informe de ce revers, je me dis que le parquet de Metz n'a manifestement pas envie de voir l'affaire Dils remise au jour, surtout par un avocat parisien de la renommée de Me Florand, qui serait tout à fait capable de révéler un élément nouveau susceptible de mettre en doute ma culpabilité. Comment pourrais-je oublier que c'est la cour d'assises qui m'a condamné à perpétuité, dix ans auparavant ? On ne m'a laissé aucune chance. On a fait un exemple : voilà ce qu'on inflige aux tueurs d'enfants ! Pas de pitié... Et si l'on apprenait aujourd'hui qu'il s'agit d'une lamentable erreur ?

Après s'être battu en vain pendant quatre mois, Me Florand décide de demander l'aide de Dominique Rizet. D'un certain point de vue, une fois encore, il donne raison à ma mère : il faut médiatiser mon affaire.

*
**

L'article du *Figaro-Magazine* paraît le 31 janvier 1998. Me Florand a prévenu mes parents. Ils sont allés acheter le journal, ont découpé les cinq pages qui me concernent et sont venus les apporter à la prison pour que j'en prenne connaissance. Je dois les récupérer au greffe, à 17 heures. En m'y rendant, je me réjouis de constater que le journal n'a pas renoncé à publier mon histoire. Il faut du cran pour oser prétendre que la justice s'est sans doute trompée. Mais je suis inquiet de voir comment les autres détenus vont réagir. Comment vont-ils prendre le fait qu'on parle de moi dans un grand hebdomadaire national ?

Je pousse la porte du bureau du surveillant-chef. C'est bien la première fois que je vois ce petit bonhomme aux cheveux peignés en arrière lire un journal. Il n'a rien d'un intello. Mais cette fois, captivé par sa lecture, il ne m'entend même pas. Il faut que je me manifeste :

– S'il vous plaît ?

Il ne lève même pas le nez.

– Quoi ?

– Je viens récupérer l'article que mes parents vous ont confié.

Il fait un geste de la main pour que je déguerpisse.

– Repasse plus tard !

Mais, au même moment, je vois ma photo dans le journal... Ce bonhomme est en train de lire « mon » journal ! Pas question de le lui laisser.

– Je veux mon article. Je ne bougerai pas d'ici tant que vous ne me l'aurez pas donné.

– Je te le donnerai quand je jugerai utile de te le donner, c'est tout.

Sa réplique, sur un ton des plus autoritaires, ne m'émeut pas. Je ne me laisse pas faire. Excédé par son attitude, je le menace :

– O.K., j'appelle mon avocat. Vous allez vous débrouiller avec lui. Vous n'avez pas le droit de me confisquer mon article.

Il se calme, mais ne cède pas.

– Retourne dans ta cellule, on viendra te chercher.

Je suis bien obligé d'obéir. Mais, une heure plus tard, je récupère enfin le journal dans le bureau du surveillant-chef. Il a sans doute eu le temps d'en faire des photocopies et celles-ci doivent déjà circuler parmi ses collègues. J'ai la conviction que cet article va avoir l'effet d'une bombe dans la prison...

Je regagne ma cellule au pas de course et m'installe sur mon lit pour lire avec toute la concentration nécessaire.

Dans son papier, le journaliste retrace l'ensemble de l'affaire et mentionne surtout les déclarations spontanées de Francis Heaulme. C'est la première fois que ma culpabilité, et donc ma condamnation, sont publiquement contestées. D'ailleurs, le titre de l'article pose nettement la question : « L'erreur judiciaire du siècle ? ». C'est fabuleux ! D'autant que d'autres journaux vont sûrement s'en mêler à leur tour... Mais ce qui me marque le plus, à ce moment-là, c'est de voir à côté de mon portrait, dans le texte, le mot « innocent ». Ça me donne la chair de poule. Je ressens plus que de l'espoir... C'est mon sang qui recommence à couler dans mes veines.

Dans les jours qui suivent, l'article fait le tour de la prison. On ne parle que de lui entre surveillants comme entre prisonniers. Certains sont contents pour moi, d'autres sont jaloux, car ici tout le monde se prétend non coupable... Mais moi, rares sont ceux qui m'accordaient le bénéfice du doute. Or, brusquement, les certitudes sont bousculées. Et si Dils était effectivement innocent, comme il le répète depuis si longtemps ? Et s'il allait être bientôt relâché ?

En tout cas, l'article a un premier effet, magique : Me Florand reçoit presque aussitôt le fameux rapport de Jean-François Abgrall contenant les déclarations de Francis Heaulme. Il y est clairement mentionné que le tueur a « fait l'objet d'une procédure alors qu'il se trouvait à proximité d'une voie de chemin de fer ». Autrement dit, il a été contrôlé et verbalisé sur la voie publique par les gendarmes. La preuve est là : un P.-V. a été rédigé. Mon avocat est désormais en possession d'une pièce majeure du puzzle, celle qui lui permet d'adresser une demande de révision à la commission de révision des peines.

Certes, je n'ai pas la preuve que Heaulme soit l'auteur des faits et, franchement, ce n'est pas mon affaire. Je n'ai pas envie de l'accuser à la légère. J'ai trop payé moi-même ce genre d'attitude. Mais je sais aussi que mon sort dépend de l'arrestation du vrai coupable. Je veux donc que la justice accepte de se poser une seule question : « La présence sur les lieux du crime de Francis Heaulme, tueur en série reconnu – nouvel élément à mettre au dossier et inconnu à l'époque des faits –, introduit-elle un doute ou non sur la culpabilité du condamné Patrick Dils ? »

Au cours de l'année 1998, c'est fait : la commission de révision transmet ma requête à la Cour de cassation. C'est à la plus haute instance juridique de France qu'il appartient de nouveau de casser ou non le jugement rendu le 29 janvier 1989 par la cour d'assises des mineurs de la Moselle. Soit elle reconnaît que l'information sur la présence de Heaulme permet de douter de ma culpabilité et annule ma condamnation, soit elle estime que cette information n'est pas suffisamment importante pour émettre un doute sur l'auteur des meurtres et elle confirme la perpétuité...

Dans ma tête, c'est clair : ils vont annuler ma condamnation. Et surtout, ça sera vite fait.

Je me trompe lourdement. Il va y avoir des enquêtes et

des contre-enquêtes à n'en plus finir sur la piste Heaulme. Et moi, je moisis en prison. J'attends, j'attends... Ce n'est pas la même chose de purger une peine et d'attendre une décision aussi importante. Le temps n'a pas la même valeur. J'attends ! Et je ne sais pas pourquoi la décision ne tombe pas. Pourtant, ce ne sont pas les « nouveaux éléments » en ma faveur qui manquent.

*
**

Comme prévu, après le premier article, la presse a commencé à s'intéresser à l'affaire. De nombreux journalistes cherchent la vérité. Parmi eux, deux journalistes de FR3, Estelle Mathieu et Yves Quemener. Par ailleurs un ami, Jean-Claude Seignert, va constituer un comité de soutien avec sa femme Marie-Claire. D'autres encore se penchent sur mon sort. En particulier quelqu'un dont le soutien va devenir indéfectible : Karen Aboab.

La première fois que je lui parle, au téléphone, en 1998, Karen Aboab se trouve chez mes parents. Elle réalise un reportage pour l'émission « Sans Aucun Doute » présentée par Julien Courbet, sur T.F.1. Intriguée par les incohérences du dossier, elle ne cesse d'approfondir son enquête. Après avoir passé plusieurs jours sur le terrain, à Montigny, où elle a recueilli le témoignage de ma famille et celui des amis qui ont décidé de soutenir mes parents, elle souhaite entendre ma version des faits.

Moi qui suis d'ordinaire méfiant et réservé, j'ai immédiatement confiance en elle. Et je m'exprime facilement. J'en suis le premier étonné. Je lui raconte toute mon histoire, depuis ma mise en garde à vue. Bien sûr, Karen reste sur son quant-à-soi, objectivité journalistique oblige, mais j'ai le sentiment d'être convaincant. Je me contente de dire la stricte vérité, sans noircir le tableau. Il faut dire qu'il n'en a pas besoin !

Un peu plus tard, le reportage de Karen est diffusé au cours de « Sans Aucun Doute ». Et je me rends compte qu'elle a mené une véritable contre-enquête, mettant en lumière les défaillances des investigations initiales.

Karen n'a pas hésité à faire des « reconstitutions » pour vérifier certains témoignages. À commencer par celui de ces voisins bien intentionnés qui se sont manifestés, comme par hasard, huit mois après le crime... après que je suis revenu sur mes « aveux » ! Ils ont prétendu s'être souvenus subitement d'avoir entendu des pleurs d'enfants vers 18 h 45, le soir du drame. Cela donnait à penser que les enfants étaient encore en vie lorsque j'étais rentré de la Meuse. Et donc que j'aurais eu le temps de les tuer. Pourtant, pendant huit mois, selon la thèse officielle, ils étaient censés être morts aux alentours de 18 heures. Ce sont les conclusions du médecin légiste. À cette heure-là j'étais dans la voiture de mes parents, de retour d'un week-end à la campagne. Un alibi incontestable... Jusqu'à ce témoignage miraculeux des voisins. Dès lors, on pouvait m'inculper.

Karen pose alors des questions essentielles : pourquoi le médecin légiste aurait-il été incapable de déterminer précisément l'heure de la mort ? Mieux, la journaliste démontre qu'il est impossible, depuis la maison des témoins, d'entendre des voix provenant du talus, même des voix d'adultes.

Plus décisif encore : après la diffusion du reportage, un

ancien policier d'une bonne soixantaine d'années, le commandant Stragier, sort de l'ombre et témoigne à son tour. Il a pris sa retraite peu après le drame et ignorait, jusqu'ici, le sort qui a été le mien. Mais il se souvient parfaitement de ma « reconstitution ». Il y a assisté, quatorze ans plus tôt. Il était chargé d'en assurer la sécurité. Après avoir regardé « Sans Aucun Doute », Stragier ne mâche pas ses mots. Il déclare : « J'ai aujourd'hui acquis la certitude que Dils n'est pas coupable, et savoir que ce gosse croupit en prison depuis des années est intolérable. » Et il raconte ce qu'il a vécu, ce jour-là. Il se souvient de moi comme d'un gamin manipulé, en terrain inconnu, allant à droite ou à gauche selon le bon vouloir des inspecteurs : un pantin ! Stragier se rappelle aussi la conversation qu'il a eue avec trois vieilles dames qui s'étaient approchées de lui, lors de cette reconstitution.

– C'est lui, le jeune dont on dit qu'il a tué les enfants ? a demandé l'une d'elles.

– Oui, pourquoi ? a répondu le commandant.

– Parce que ce n'est pas du tout lui qu'on a décrit aux policiers, il n'était pas comme ça, le monsieur qu'on a vu avec le vélo.

– Et vous l'avez dit à la police ?

– Oui, on est allées les voir.

– Ils ont pris votre déposition ?

– Non. Ils nous ont dit qu'on serait convoquées plus tard mais ils ne nous ont jamais rappelées.

Les révélations du commandant Stragier mettent en doute l'impartialité avec laquelle ont été menées l'enquête et la reconstitution. Ceci grâce au travail méticuleux de Karen Aboab. Mais elle ne s'arrête pas là ! Chaque fois qu'elle met le doigt sur un élément nouveau, ou qu'un supplément d'enquête est ordonné par la cour, elle réalise un reportage qui est diffusé dans son émission. Mes parents ont été invités sur le plateau de Julien Courbet à deux reprises...

Curieusement, moi, derrière les barreaux, je ne regarde pas ces reportages. Je me protège. Voir mes parents et mon frère sur un plateau de télé alors qu'ils s'échinent à clamer que je suis innocent, que je suis victime d'une erreur judiciaire, m'est insupportable. Trop de souffrance. J'apprends ce qui passe à la télévision par les copains détenus qui, eux, ne manquent pas une seule émission.

Karen ne mesure pas alors – sans doute ne le mesurera-t-elle jamais – à quel point ses reportages m'ont aidé, dans ma vie de tous les jours, en prison. Plus on évoque mon innocence, plus l'attitude des détenus à mon égard change. J'étais un monstre, un tueur d'enfants ; je deviens une victime du système judiciaire contre lequel ils ont tous une dent. J'obtiens leur soutien. Ça me permet de tenir le coup. Peu à peu, je sors de cette peau d'éternel coupable qui m'a si longtemps étouffé.

Mais je ne suis pas libre pour autant ! Le temps passe, le temps passe... Toujours pas de décision.

Pourtant, interrogé à de nombreuses reprises, entre 1998 et 2001, Francis Heaulme non seulement confirme qu'il est bien passé dans la rue et qu'il a vu les enfants lui jeter des pierres, mais il se montre de plus en plus précis au cours de ses auditions. Il va même jusqu'à dessiner un plan ! Il décrit exactement le chemin qui permet d'aller de la rue au talus, et précisément à l'endroit où les enfants ont été retrouvés morts. En revanche, il se refuse toujours à avouer qu'il est l'auteur de ces crimes.

L'enquête détermine qu'il résidait bien dans la région à ce moment-là et que sa grand-mère l'avait hébergé jusqu'au drame. Cet après-midi-là, il s'est absenté de son lieu de travail, à quelques centaines de mètres des voies ferrées. Le lendemain, il s'est montré extrêmement agressif avec une employée, puis il a quitté son emploi pour se faire interner en hôpital psychiatrique. C'est très important, car on sait que Heaulme a l'habitude de se cacher en hôpital psychiatrique après ses homicides. Un moyen astucieux pour éviter d'être interrogé par la police quand celle-ci possède son signalement. Et c'est le cas pour le massacre de Montigny ! Des gens ont témoigné. Mais on ne les a pas pris au sérieux. À présent, leurs déclarations doivent être considérées comme des pistes respectables. Leurs descriptions conviennent assez bien à Heaulme, comme celle d'« un grand édenté à vélo ». D'autres lui ont attribué une taille plus modeste, mais affirment qu'il portait une tenue de cycliste et qu'il titubait. Certains prétendent même avoir parlé avec lui et disent qu'il était ivre – on sait que Heaulme est alcoolique – et couvert de sang ! Sans la moindre égratignure. Tout cela à quelques mètres du lieu du massacre où il admet s'être promené... La piste est de plus en plus nette. Les éléments s'additionnent. Mais rien ne vient. Je suis toujours en taule. Le temps s'allonge. Une seconde, c'est une minute. Une heure, c'est un jour...

Je vais attendre ainsi pendant près de trois ans.

– 8 –

LE COUP DE BAMBOU

Je fais comme chaque matin, je suis mes habitudes. Lever à 5 heures, petit déjeuner en cellule, le courrier, un peu de musique... C'est la seule solution que j'ai trouvée pour ne pas mourir d'angoisse. On est le 3 avril 2001. À 14 heures, les membres de la cour de révision vont statuer sur mon sort. Si je me mets à gamberger, je vais craquer. Quand je pense que maman a mis au jour la piste de Heaulme en 1997 ! Non, vraiment, il ne faut pas que je laisse mon esprit s'échauffer.

À 7 h 15, je vais travailler. Ah ! voilà quelque chose qui a changé : j'ai perdu ma place en cuisine. À cause d'un petit trafic de vin avec quelques camarades. J'ai fait vingt jours de mitard. En sortant, malgré mes suppliques, l'administration a refusé de me laisser réintégrer les cuisines. C'est ma faute, j'aurais dû me tenir tranquille. Et je me console en me disant que, pour une fois, j'ai été enfermé à cause d'un délit dont je m'étais rendu coupable. Alors autant assumer les conséquences de mes actes avec bonne humeur. Je travaille désormais dans le plus grand atelier de la prison, à la reliure. Toute la journée je relie des livres que d'autres liront. Dehors, chez eux, au soleil, sur une plage... Un boulot comme un autre pour moi qui suis déjà usé par de longues années de détention. C'est fou comme la prison casse un homme ! Mais aujourd'hui, je ne me plains pas d'avoir un travail aussi prenant à accomplir. Je préfère me concentrer sur la reliure. Comme ça, je discipline mon esprit. N'y pense pas, Patrick, n'y pense surtout pas...

Mes compagnons de détention n'en reviennent pas de me voir aussi calme. Ils disent tous qu'ils grimperaient aux murs s'ils étaient dans la même situation que moi. Ils ignorent ce qui se passe en réalité. C'est vrai, j'ai l'air tranquille, mais ce n'est qu'une apparence. À l'intérieur, ça bouillonne ! Je contiens tout, j'écrase, je compresse... Parfois, je me demande comment tout ça tient dans un corps aussi maigre que le mien. Ces émotions ne demandent pourtant qu'à sortir, mais je le refuse. Je ne sais pas extérioriser. Je garde. Et surtout j'ai peur. Peur de parler, peur de me faire des idées, je ne veux rien imaginer de positif, j'ai eu tant de déceptions. Je me suis blindé. Je n'y suis pour rien. Je n'ai pas choisi d'être comme ça. Introverti, secret, timide, maladroit. Et je me dis à l'époque que je n'ai plus le choix. Je ne peux plus changer, ça fait trop longtemps.

Donc, ce jour-là, je travaille comme d'habitude au lieu de m'exciter et de m'agiter dans tous les sens. De toute façon, ça n'avancerait à rien... Et soudain, un cri retentit :

– Ça y est !

C'est Franky, un copain. Ce matin, je l'ai chargé d'écouter la radio et de venir me prévenir dès que la nouvelle tomberait. Franky se précipite vers moi, hilare. Il hurle :

– Ça y est ! Ça y est !

Bien sûr, je comprends que le verdict de la cour de révision vient de tomber. Mais qu'est-ce que ça veut dire ce cri, « Ça y est ! » ? Mon cœur s'est mis à battre la chamade. Franky me rejoint. Il est dans un état d'excitation hallucinant et il continue à hurler des « Ça y est ! Ça y est ! ». J'ai envie de l'attraper par les épaules et de le secouer comme un prunier pour qu'il se calme. Je prends sur moi et lui demande :

– Ça veut dire quoi, Franky ? Sois plus précis, je t'en supplie.

– C'est bon !

– C'est bon quoi ? Accouche !

– C'est oui ! C'est cassé !

Ils ont enfin cassé le jugement... J'ai le tournis. Franky me prend par le bras et m'entraîne jusqu'au fond de l'atelier où il a posé sa radio. Elle est calée sur la fréquence de France Info. Je m'assieds et j'attends... Encore attendre ! Un quart d'heure jusqu'au prochain flash d'information. Plus question de penser à autre chose, de se distraire ou de travailler. Rien pour s'échapper. Juste l'attente. Je n'ose encore y croire. Je suis un bloc d'angoisse pure ! Quinze minutes, très longues minutes, après tant d'années d'injustice... Et puis le voilà, ce flash. « Décision historique... Événement judiciaire... Fait rarissime... » Oui ! la cour de révision casse le verdict rendu douze ans plus tôt par la cour d'assises des mineurs de la Moselle. Elle annule ma condamnation à perpétuité !

Bon sang ! Je souris. Il y a longtemps que je n'ai pas

dû sourire comme ça. Je crois que c'est mon premier sourire d'être humain, digne, depuis mes seize ans. Je suis heureux. Mais je ne bondis pas de joie. Ça non plus, je ne sais pas le faire. La peur s'est installée en moi depuis trop longtemps pour que j'extériorise le soulagement que j'éprouve. Et puis je suis toujours en prison et je ne sais pas quand je vais en sortir. Le bonheur, ce sera le soleil, dehors, dans la rue, avec papa, maman et mon frère. Patrick Dils libre ? Ce n'est pas encore le cas.

À 16 heures, après une longue attente dans la file des détenus, je peux enfin appeler mon avocat. Je tremble comme une feuille en composant le numéro. Il décroche. Il exulte.

– Patrick ! C'est historique ! Je vous avais dit qu'on y arriverait. Je suis si heureux. Vous n'êtes plus coupable du double meurtre de Montigny. Vous n'avez même plus de casier judiciaire. On reprend tout de zéro. On va enfin avoir droit à un procès équitable et vous serez acquitté.

Je ne sais pas comment j'arrive encore à tenir debout.

– Eh bien... je suis heureux, moi aussi. Je ne sais pas trop quoi dire. J'ai du mal à réaliser...

Petit à petit, je commence à mesurer l'impact de la décision. Nous avons franchi le pire obstacle qui soit, celui sur lequel on s'était jusqu'ici cassé les dents. L'erreur est « effacée ». Enfin... Façon de parler, parce qu'il va y avoir un autre procès. On va encore me juger...

– Pourtant c'est vrai ! s'écrie Me Florand. Il est rarissime qu'un verdict d'assises soit révisé, c'est arrivé cinq ou six fois seulement en un siècle. On est sur la bonne voie...

Il marque une pause et reprend. Je sens la colère dans sa voix.

– En revanche, je suis déçu qu'ils aient refusé votre remise en liberté immédiate. Ils admettent qu'il y a un vrai doute, ils vous acquittent du verdict de Metz mais vous gardent en prison. C'est contraire aux droits de l'homme et je ne vais pas en rester là. Votre peine se transforme en quatorze ans de préventive et on n'a pas le droit de garder quelqu'un quatorze ans en détention préventive !

J'ai l'impression que c'est plus grave pour lui que pour moi. J'essaie de le rassurer :

– De toute façon, je ne m'étais pas préparé à sortir. Je n'y croyais pas. Alors je vais être patient. Mon innocence me tient debout.

– On va gagner, Patrick ! Je vais vous sortir de là. On a fait le plus dur. Je vous préviendrai dès que j'aurai la date du nouveau procès. Je vous passe vos parents qui sont à côté de moi. À bientôt et courage !

Ma mère ne peut pas s'exprimer tout de suite. Elle est trop émue et veut se calmer un peu. Elle me parlera plus tard. Mon père prend l'appareil.

– On tient le bon bout, mon fils. Je suis tellement content. On a gagné une bataille. Pas encore la guerre, mais sans cette bataille-là la guerre n'était pas possible. Patrick, on est tous là, on va te sortir de cet enfer. Quatorze ans pour rien, ce n'est plus possible...

Soudain, la voix de mon père se casse. Il fond en larmes. C'est la première fois de ma vie que je l'entends pleurer. Même au parloir, il n'a jamais laissé échapper un sanglot. Jamais une larme. De la retenue, toujours, par respect pour la souffrance que j'endurais. Aujourd'hui, il craque. Mais ce sont des larmes de soulagement.

Je me souviens de cette conversation avec beaucoup de tendresse. Tant de sentiments exprimés ! Pourtant, on ne se dit pas grand-chose : « on est contents », « on a remporté une victoire », « il va encore falloir se battre », « courage », « tiens bon »... Mais ce ne sont pas les mots qui comptent, c'est le courant qui passe. L'amour qui se transmet.

À l'autre bout du fil, dans le bureau de Me Florand, on fait la fête, je l'entends. Des voix, des rires, le bruit des verres qui s'entrechoquent. J'imagine qu'on a débouché le champagne et qu'on trinque. J'en profite. Dès que j'aurai raccroché, il ne me restera que le vacarme des couloirs de la prison. Puis le silence de ma cellule. Je demande qu'on me passe Karen Aboab. Tant pis pour les copains détenus qui font la queue derrière moi.

– J'imagine que c'est très dur de ne pas être encore là, Patrick, avec nous, mais ça va venir, me dit Karen. Il faut t'armer de patience. J'ai confiance en toi, tu le sais. Et n'oublie pas que tu m'as promis de me faire le meilleur gâteau du monde quand tu sortiras... Je suis sûre qu'il aura le goût de la liberté... Je ne peux pas penser une seconde qu'une cour d'assises digne de ce nom puisse maintenant te condamner, sans preuve, en sachant qu'il y avait un tueur en série sur les lieux du crime.

Karen s'interrompt, très émue, et reprend :

– On est certainement tous très loin de comprendre ce que tu vis, toi, à l'intérieur de la prison. Mais, sache que dehors, on se bat pour toi... En tant que journaliste, je vais faire ce que je peux pour que les Français entendent parler de toi, jusqu'au bout...

Ils m'ont tous fait chaud au cœur. Alors, je veux leur dire que, moi aussi, je ferai tout ce que je peux.

– J'ai la chance d'avoir un nouveau procès. Ce coup-ci, je vais m'exprimer, je vais leur dire tout ce que je t'ai raconté. Tout ! Je vais tout dire de l'enfer que l'on m'a fait vivre. Je vais enfin leur dire en face que je n'ai pas tué ces enfants !

Je ne peux pas occuper le téléphone plus longtemps. Il faut que je raccroche. La file d'attente des détenus s'allonge derrière moi...

La laideur de l'univers carcéral me reprend aussitôt. Elle m'enveloppe dans ses ailes de violence et de ténèbres, comme un spectre de science-fiction. Je regagne ma cellule. J'ai besoin d'être seul, au calme, et de réfléchir... Je n'ai jamais baissé les bras, mais cette fois j'y crois vraiment. Je sens comme un parfum de liberté... Elle ne doit plus être si loin, cette liberté, puisque tout le monde semble en être convaincu.

C'est la cour d'assises de la Marne, siégeant à Reims, qui va me juger. Cette fois – miracle ! – je n'attends pas des années. Moins de trois mois. Le procès aura lieu en juin 2001.

*
**

Je déteste les transferts ! L'administration y est contrainte, puisque l'on doit me juger à Reims. Il n'empêche, c'est une source d'angoisse pour tout détenu, même le plus endurci. Pour moi, c'est une épreuve de titan. Si étonnant que cela puisse paraître, quitter Toul, où je viens de passer dix ans, est un déchirement. Dans ma cellule, mon petit univers, mon « chez-moi », tout est méticuleusement arrangé de sorte que je m'y sente bien. Ailleurs, il faudra découvrir de nouveaux locaux, de nouvelles règles ; croiser de nouveaux détenus, des surveillants dont je ne connaîtrai pas les manies. Je devrai m'habituer aux regards des autres dans un univers inconnu. C'est extrêmement perturbant, alors que j'ai besoin d'être en possession de mes faibles moyens. Et puis, imaginons que ça se passe mal et qu'on me ramène à Toul ? Lorsqu'on est transféré pour un procès et qu'on revient ensuite dans son centre initial, on ne retrouve pas sa cellule. On vous en attribue une autre. J'ai demandé au directeur de me garder mon « chez-moi » jusqu'à l'annonce du verdict. Par bonheur, cet homme qui a toujours cru en mon innocence a accepté de faire une exception pour moi... tout en me souhaitant de ne jamais remettre les pieds chez lui. Un peu de stress en moins...

*
**

Mon deuxième procès commence le 19 juin. Je fais les cent pas dans ma cellule en attendant qu'on m'emmène. Je suis mal à l'aise. J'ai la trouille, on l'aurait à moins. Je ne me souviens pas d'avoir été aussi nerveux. Sans doute parce que je suis proche du but, parce que je joue ma vie. Pourtant, je devrais ressentir un peu de joie, tout de même ! C'est une revanche formidable qui s'offre à moi. Celle que j'ai attendue, attendue... Mais non. J'ai peur.

À force de prendre des coups bas...

La porte s'ouvre. Je sursaute. Un surveillant me conduit au greffe où les forces de l'ordre m'attendent pour m'escorter jusqu'au palais de justice. Sans ménagement ils me passent les menottes, les poignets dans le dos. Ils ne me regardent même pas. J'ai l'impression d'être renvoyé douze ans en arrière... Les menottes qui me blessent, le fourgon cellulaire qui pue la transpiration et le moisi, le grillage qui me sépare du conducteur. Comme autrefois. Mauvais souvenirs... Je suis très mal installé. À chaque secousse du véhicule, je me cogne l'épaule contre les parois. J'ai le sentiment d'être un fauve en cage.

À peine sorti de la maison d'arrêt de Reims, le conducteur allume le gyrophare et fait hurler la sirène. Personne ne m'adresse la parole. Pourtant, ils connaissent au moins mon nom et je suppose qu'ils regardent la télévision ou qu'ils écoutent la radio. Ils savent bien que si l'on me juge une deuxième fois, c'est parce qu'il y a des éléments nouveaux ! Mais non, ils continuent de me traiter comme un criminel. Je suis en principe, je dis bien en principe, présumé innocent. Cela ne les émeut pas le moins du monde. Un type qu'on vient chercher en taule, c'est un criminel, il n'y a pas de questions à se poser. Quelle bêtise ! Ça m'épouvante et je prie pour que les juges et les jurés ne soient pas aussi bornés. Plus le fourgon roule, plus je me rapproche de mon destin, plus je panique. Je transpire et je tremble. Cette maudite trouille ne me lâchera-t-elle donc jamais ?

Devant le palais de justice, je vois une meute de journalistes. Hélas ! si les médias ont pu suivre le déroulement de la révision, cette fois ils n'entreront pas : le procès doit se faire à huis clos. J'étais mineur à l'époque des faits, je suis donc encore jugé par une cour d'assises des mineurs... À trente et un ans ! C'est abracadabrant, mais c'est ainsi. Il n'y aura pas de presse sur les bancs. Personne pour assister à ce qui va se passer. Personne pour témoigner devant le grand public.

J'imaginais que ce nouveau procès se passerait dans la gravité. Et surtout dans la sérénité. Encore une fois, je me nourrissais d'illusions.

Pendant huit jours au lieu des cinq prévus, les audiences se tiendront dans une ambiance détestable. J'ai l'impression que personne n'a envie d'être là et certainement pas les représentants de la justice à qui l'on reproche la plus grave des erreurs. Les familles des victimes souffrent parce qu'elles restent convaincues de ma culpabilité et qu'elles ont le sentiment qu'on remue le couteau dans la plaie. Pour elles, c'est une torture. Quant à moi, malgré l'espoir, je me sens oppressé dans ce maudit box des accusés. Et puis nous sommes en plein mois de juin, alors il fait une chaleur épouvantable dans cette salle.

D'heure en heure, de jour en jour, l'énervement gagne tous les participants à ce procès. Interrogatoires trop longs, interminable liste de témoins... Les journées sont si chargées que certaines audiences se terminent à 3 heures du matin. Dans ces conditions difficiles, les jurés peinent à garder leur concentration. Parfois, j'ai envie de crier que c'est ma vie qui se joue, pour ranimer l'attention. Mais je ne le fais pas, bien sûr.

Tout est si confus que je ne peux raconter clairement le déroulement des audiences. D'abord, personne n'y apprend rien. Seule certitude : il se confirme qu'on en sait assez pour m'acquitter au bénéfice du doute. Avec la médiatisation qui a précédé les débats, il est difficile d'imaginer qu'un seul juré n'ait pas forgé sa conviction avant de mettre les pieds dans le tribunal. On a même droit à quelques coups d'éclat contre le fonctionnement de la justice dont je me serais passé. Le spectacle, dans ces circonstances, me désole, même s'il me sert. J'ai envie que cela soit simple, sérieux, honnête. C'est tout.

Soudain, l'inspecteur Marchegay, le comparse de Varlet qui m'a arraché mes « aveux », entre comme un hussard en terrain conquis. J'ai l'impression de voir surgir un fou furieux. Avant même de prêter serment, il me regarde et hurle :

– Dils est coupable, Heaulme est innocent et je vais le démontrer en douze points !

Il a préparé son affaire et croit influencer la cour mais, à l'inverse, il choque tout le monde, y compris l'avocat général et celui des parties civiles. Le président et l'avocat général sont outrés, qualifient son attitude d'intolérable et le rappellent à l'ordre. Ils lui font remarquer qu'il n'est pas dans son commissariat, mais devant des jurés d'assises, et qu'il doit se montrer respectueux. Marchegay repart sans convaincre personne, honteux, humilié. Quand je pense que cette brute-là m'a manipulé en me donnant du « gamin » toutes les deux minutes... Quand je pense qu'il m'a extorqué des aveux, qu'il dévoile sa personnalité devant tout le monde et qu'il s'en va libre ! Moi, je suis encore dans le box des accusés, quatorze ans plus tard, à batailler pour sortir du piège qu'il m'a tendu !

Dans le fond, rien n'a changé. Je suis toujours aussi timide, aussi maladivement craintif, tétanisé par le cérémonial. Toujours trop pudique, presque incapable de parler devant une assemblée, même en me faisant violence. Sans compter la fatigue. La prison affaiblit à un point qu'on ignore. Après quelques années derrière les barreaux, on manque de résistance physique et intellectuelle. J'éprouve des douleurs dans tout le corps et, en fin de journée, je n'ai plus d'énergie. Je lutte pour ne pas me refermer sur moi-même. Je veux m'exprimer. Qu'on ne me croie pas absent. Je veux être là et offrir – enfin ! – une autre image de moi.

Apparemment je n'y arrive pas, si j'en crois certains commentaires des médias. Les journalistes n'assistent pas au procès, certes, mais ils sont autorisés à me filmer et à me photographier pendant deux ou trois minutes chaque jour, avant que ne débute l'audience. Quand j'entre dans le box, encadré par des policiers, les photographes me mitraillent et les cameramen de télé se bousculent pour me filmer. C'est à celui qui sera le plus près de moi. La cohue !

Dès que le président apparaît, les journalistes doivent quitter la salle. Aucun d'eux n'entend un mot du procès. Ils doivent se contenter des images et, sans doute, de quelques indiscrétions. Ils ne disposent de presque rien... Mais certains d'entre eux ne me ménagent pas. Encore une fois, je suis décrit comme un être froid, impassible, insensible, glacial, dénué de sentiments. On me reproche de ne pas clamer haut et fort mon innocence. C'est faux ! À plusieurs reprises, je me suis expliqué. Il m'arrive même de m'énerver. Bien sûr, je ne me mets pas en transe. Je ne hurle pas. Je suis moi-même, mais ça n'a rien à voir avec mon premier procès. Je me défends. Ce n'est pas ma faute, tout de même, si sur les photos j'ai l'air inquiet, rébarbatif. Je ne suis pas une vedette de la chanson ! Ma tête, c'est ma tête. Je ne sais pas composer... Bon sang, je viens de faire quatorze ans de prison, je ne sors pas d'une réception de la jet-set ! On met en cause le fait que je porte des lunettes, on dit que c'est pour « cacher » mes yeux derrière des verres fumés. Ce sont de banales lunettes de vue : je souffre d'une hypersensibilité à la lumière. Et qu'est-ce que je pourrais bien avoir à cacher ? Tout le monde connaît tout de ma vie. Ce n'est d'ailleurs pas très compliqué puisque je me suis retrouvé en cabane à seize ans. Le reste du temps, le moindre de mes faits et gestes a été observé à travers un œilleton. Même ma moustache est critiquée. Elle me donnerait un « air mystérieux ». C'est la meilleure, celle-là ! Pourquoi n'aurais-je pas le droit de porter une moustache ? Ridicule...

En fait, sur le coup, je suis scandalisé parce que je suis bien placé pour savoir qu'on peut cataloguer quelqu'un en quelques secondes, rien que sur sa mine. Et ça me révolte. Je sais ce que c'est que d'avoir la « tronche » du coupable idéal. Dès qu'on fait allusion à mon physique, à ma timidité, je me cabre. Ce genre d'a priori m'a déjà coûté cher : plus de quatorze ans de ma vie...

Heureusement, beaucoup de journalistes continuent à faire normalement leur travail. Dommage que ceux-là n'aient pas assisté à ma confrontation avec le pire de mes accusateurs, l'inspecteur Varlet. Lui m'a fait sortir de mes gonds ! Sans doute parce que je lui dois mon malheur, mais aussi parce qu'il est l'homme face à qui j'ai touché le fond de ma faiblesse, de ma fragilité... Eh bien il ne m'impressionne plus. Alors je ne l'ai pas laissé déballer ses mensonges sans réagir. J'en suis fier.

Devant le tribunal, Varlet a l'audace d'affirmer que j'ai eu droit à un traitement de faveur à cause de mon jeune âge. Il m'aurait accordé de nombreuses heures de pause, m'aurait nourri correctement et à plusieurs reprises ! À l'entendre, il ne m'aurait jamais traité comme un coupable. Il se serait contenté de me poser des questions et j'aurais répondu librement. Et pour conclure, il affirme qu'il n'a toujours aucun doute, que je suis le monstrueux assassin de ces pauvres enfants. C'en est trop ! Cette fois, j'interviens sans qu'on m'y invite et je m'écrie :

– Il y a quelque chose que je ne comprends pas. Soit il existe deux monsieur Varlet, soit il y a deux Patrick Dils. Je ne vois pas d'autre solution, compte tenu du fait que ce que vous venez de raconter, moi, Patrick Dils, je ne l'ai pas vécu. Ce que j'ai vécu dans les locaux de la police judiciaire de Metz il y a quatorze ans est complètement différent de ce que vous venez de raconter.

Je suis le premier surpris par ma véhémence. J'ai même tapé du poing sur la table et je l'ai montré du doigt ! Et puis, je poursuis. J'explique qu'il était déterminé à me faire avouer alors qu'il ne détenait pas le moindre élément à charge contre moi. Je raconte comment il a arraché le plan du mur, après mes « aveux », en criant : « Ça y est. Je tiens un coupable. » J'insiste sur le fait qu'il a dit « un » coupable et pas « le » coupable. Je ne baisse pas les yeux. Je balance tout sans jamais le quitter du regard... Il ne faut pas croire que je me « libère ». Non, ça m'est pénible. Je lutte contre ma nature. Mais je vois qu'il commence à se sentir mal à l'aise, Varlet, sans sa victime. Il est déstabilisé. Le petit Dils fait trembler le flic Varlet ! Tant et si bien qu'à plusieurs reprises le président l'interpelle :

– Inspecteur Varlet, écoutez ce que l'accusé a à vous dire.

Alors il relève la tête, penaud, marmonne un « oui, oui, j'écoute » puis repique du nez, le regard fixé sur la pointe de ses chaussures...

Non, je ne suis pas resté froid, impassible et glacial. J'ai répliqué, sans exubérance, quand j'ai pu le faire, face à Varlet.

Quand Francis Heaulme est apparu, ç'a été très différent. Quelqu'un s'attendait peut-être à ce que je bondisse sur mes pieds et hurle : « Crapule ! C'est toi qui as tué les enfants. Avoue ! » Eh bien, non, je ne fais pas cela. D'abord parce que ce n'est pas dans mes habitudes de crier après quelqu'un. Et puis je suis là pour qu'on m'innocente, pas pour accuser. Même un tueur multirécidiviste. Il existe un faisceau de présomptions contre Heaulme : sa présence sur les lieux, sa propre description de l'endroit, les pierres, ses déclarations sur les vélos, les enfants, des témoignages... Suffisamment d'éléments à charge, précis, prouvés, pour que le doute me soit accordé. Mais en aucun cas ces éléments ne me permettent de montrer cet homme du doigt – même si je le vois comme un monstre sanguinaire – et de dire : « Coupable ! » J'ai été désigné de cette façon. Je suis peut-être la personne la mieux placée au monde pour comprendre qu'on peut, de cette manière, accabler un innocent.

Peut-être, qui sait, une attitude accusatrice à son égard me servirait-elle. Mais quatorze ans de prison n'ont pas fait de moi un salaud.

L'entrée de Heaulme dans la salle d'audience me glace tout de même le sang. Pas qu'à moi, d'ailleurs ! Entendu en qualité de témoin, il fait son apparition, menottes aux poignets, encadré par six gendarmes, dans un silence de mort. Tout le monde retient son souffle. C'est peut-être le plus grand criminel que la France ait connu qui s'installe sous nos yeux. Vraiment, l'apparence de ce type vous donne froid dans le dos. Et quand on sait ce qu'il a fait, on a des frissons d'horreur. Quelle allure ! Grand, maigre, voûté, le visage ravagé, des petits yeux derrière de grosses lunettes, une bouche sans lèvres, vêtu d'une chemise sans forme et d'un jean trop large...

Mais, surtout, il faut l'entendre parler. C'est très impressionnant. D'abord, on croit avoir affaire à un homme simple d'esprit, mais on comprend très vite qu'il est beaucoup plus malin qu'il n'en a l'air. Il ne tombe dans aucun piège. Il esquive sans effort, n'est jamais en manque de réponse. Sûr de lui, il confirme ses déclarations. Et rien de plus. Pourtant, on l'interroge pendant deux heures ! À un moment, le président lui demande s'il aurait été capable de tuer les enfants pour les « réprimander ». Et Heaulme de répondre, sans hésiter :

– Oui, j'aurais pu les tuer. J'ai déjà tué pour moins que ça.

J'ai l'impression que mes cheveux se dressent sur ma tête. En quatorze ans de prison, je n'ai jamais entendu un détenu parler de la mort avec autant de froideur. Pourtant, des brutes, des dingues, j'en ai vu ! Heaulme appartient à une espèce à part.

Finalement, quand on lui demande s'il me connaît, il déclare, du tac au tac :

– Non, je ne connais pas Patrick Dils. Je l'ai juste vu à la télé et dans les journaux...

Il marque une pause, se tourne vers moi et me regarde droit dans les yeux avant d'ajouter :

– Je sais que tu es innocent. Je sais bien que ce n'est pas toi. Bonne chance.

Nous ne sommes qu'à quelques mètres l'un de l'autre. Ce regard ! Je suis aussi bouleversé que terrifié. Et je réponds :

– Merci.

Surréaliste ! Je suis en train de dire merci à Francis Heaulme. C'est sorti tout seul, malgré moi. Je remercie ce monstrueux personnage... J'ai honte et je ne sais pas quoi faire. Mais pourquoi suis-je si imprégné par ma « bonne éducation » ? Elle me fait faire des choses ahurissantes. J'entends « bonne chance », alors je dis « merci » ! Il m'aurait dit cela en m'enfonçant un poignard dans le dos, je l'aurais quand même remercié... Si j'étais moins perturbé, chamboulé, je lui dirais : « Comment sais-tu que ce n'est pas moi ? » Sans doute trouverait-il le moyen de se défiler, mais j'aurais au moins posé la bonne question. Non... J'ai dit « merci » !

Aujourd'hui encore je m'en veux. C'est un souvenir pénible. Mais ce n'est pas le plus douloureux que je garde de ce procès. Il y a eu bien pire... Un jour, le président a exigé que j'examine les photos des cadavres des enfants.

Quand elles me parviennent, dans le box, je n'ai pas la moindre idée de ce qu'elles montrent. On ne me les a jamais fait voir auparavant, ni lors des interrogatoires, ni pendant mon premier procès. Alors je regarde le premier tirage... et je manque de m'évanouir. C'est indescriptible, inimaginable. Pourtant mille fois, dix mille fois, j'ai pensé au calvaire d'Alexandre et de Cyril et j'ai essayé de concevoir une image de leurs corps meurtris... Mais, Seigneur... pas ça !

Les mots existent pour dire ce que je vois, mais je ne le ferai pas dans ces pages. Il ne faut pas.

J'ai l'impression que l'ombre de la mort s'est infiltrée dans la salle. Je suffoque, tétanisé. Me Becker, qui bien sûr est présent avec Me Florand, se rend compte de ma stupeur et de la souffrance qui m'est infligée.

– Patrick, me dit-il, si c'est trop dur ferme les yeux, ne regarde pas. Si tu ne peux pas, rien ne t'y oblige.

Mais le président insiste. Je ne peux pas lui obéir et je réplique :

– Ce n'est pas possible, c'est l'œuvre d'un boucher. C'est un massacre, une horreur. Ce n'est pas moi qui ai fait ça. Moi je suis innocent. Je ne les ai pas tués.

Le temps a passé, depuis... Et comme tout le monde j'oublie certaines choses, même des émotions intenses s'estompent. Mais pas ça, pas les photos des cadavres. Quand j'y pense, les images me viennent à l'esprit avec la même précision macabre. Ça restera comme ça. C'est gravé dans ma tête. Je vivrai avec.

*
**

Finalement, l'horrible épreuve qu'est ce procès s'achève, on en voit le bout. Vient le temps des plaidoiries. Celles de mes défenseurs dureront plus de trois heures. Me Florand et Me Becker se sont partagé la tâche. Je ne peux contenir mes larmes tellement je suis ému. Ils démontrent que personne n'aurait pu commettre ces homicides en moins de neuf minutes. Surtout pas moi. Ils prouvent par A plus B que je n'ai pas pu perpétrer ce double meurtre. Bien sûr, ils insistent sur la troublante présence de Francis Heaulme sur les lieux. Ils sont extrêmement convaincants. D'ailleurs j'ai l'impression qu'il y a beaucoup de convaincus dans cette salle, puisque l'avocat général lui-même est persuadé de mon innocence. Il demande aux membres du jury de m'acquitter, appuyant sa thèse non pas sur la présence de Heaulme, mais sur le fait que je ne peux matériellement pas être l'auteur de ces crimes.

Tout le monde semble partager son avis, à l'exception des familles des victimes. Elles sont scandalisées en entendant le réquisitoire de l'avocat général. Je suis le premier à les comprendre. Voilà quatorze ans qu'on leur dit que je suis coupable, qu'elles s'efforcent de faire un impossible deuil et de se consoler en pensant que justice a été faite. Et voilà qu'on leur dit qu'il y a erreur, qu'elles doivent ravaler leur haine de moi. Qui pourrait faire ça, en huit jours ? Je ne peux pas leur en vouloir.

Quand le jury se retire pour délibérer, j'ai retrouvé confiance. Finalement, les audiences m'ont été globalement favorables. Et, souvent, les jurés suivent les recommandations de l'avocat général. Autant dire que je suis virtuellement libre. Ce n'est plus qu'une question d'heures.

Toutefois, à la fin des délibérations, quand la sonnerie retentit dans le tribunal, j'ai le frisson, comme à Metz, douze ans auparavant. Aucun être humain ne peut s'habituer au fait que d'autres hommes le jugent. Pour moi, ils se sont déjà trompés une fois. Ça peut recommencer... Je chasse cette pensée atroce. D'ailleurs, mes avocats sont si confiants ! Ils parviennent à calmer mon angoisse et à limiter mon inquiétude. Il y a quelques minutes, Me Florand m'a dit que je dînerais dehors, ce soir même, et m'a demandé ce que je voulais manger. J'ai répondu sans hésiter :

– Une pizza !

Pas de pizza, en prison, jamais. Ça fait quatorze ans que je n'en ai pas goûté. Non, vraiment, il n'y a pas de crainte à avoir...

Juste une toute petite inquiétude : la décision aurait dû intervenir assez vite, or les jurés ont délibéré très longtemps, plus de six heures. Trop longtemps pour que leurs débats se soient déroulés sans accroc. Je me rassure en me répétant que tout plaide en ma faveur et qu'il n'est pas imaginable qu'on me renvoie en prison. J'ai le cœur serré, mais la confiance l'emporte.

*
**

Le moment venu, je regagne le box des accusés en me disant que je le vois pour la dernière fois de ma vie. Encore quelques minutes de patience et je vais retrouver maman, papa, mon frère. Je vais les serrer dans mes bras... Demain, je vais avoir trente et un ans. C'est mon anniversaire et nous allons le célébrer en famille ! Qu'on en finisse vite avec ce procès.

On en finit, en effet. Comme la première fois où j'ai été jugé, le président pose une question et donne aussitôt la réponse.

– Patrick Dils est-il coupable du double homicide perpétré sur les personnes d'Alexandre Beckrich et de Cyril Beining ?

Et le verdict tombe :

– Coupable...

J'ai l'impression qu'un drap glacé vient de m'envelopper... Je n'ai pas bien entendu, je n'ai pas compris... Ce n'est pas possible ! Mes avocats se retournent vers moi. Ils sont livides, effarés. Dans la salle, un brouhaha trahit l'incompréhension générale. Je n'ose pas regarder en direction de mes parents. Je ne pourrais pas supporter la douleur que je verrais se graver dans les traits de leurs visages...

Le président enchaîne :

– Vingt-cinq années de détention.

La terre vient de s'ouvrir sous mes pieds. Un instant, ma vue se trouble. Je n'entends plus rien, je ne comprends plus rien. C'est comme mourir. Un gouffre de ténèbres... Et puis, le sang coule à nouveau dans mes veines. Ce qui arrive dépasse l'imagination. Je serre les dents pour ne pas gémir... Mais qu'est-ce que je vais faire ? Qu'est-ce que je vais devenir ? Pourquoi est-ce que l'on veut m'écraser ? J'ai besoin d'aide. Je cherche un regard ami, un mot d'explication. Ce scénario catastrophe, personne n'osait y songer, même pas les parties civiles...

Les forces de l'ordre m'entraînent hors de la salle d'audience. C'est tout juste si j'ai conscience de bouger. On me conduit dans une petite pièce où je vais pouvoir m'entretenir avec mes défenseurs. Ils entrent. Ils sont effondrés.

– On ne sait pas ce qui s'est passé pendant ces six heures de délibéré, me disent-ils, mais on le saura. Nous étions vraiment persuadés que tu allais sortir. Tout laissait à penser que nous avions convaincu les jurés de ton innocence.

Pour la première fois, je les vois désarmés. Jamais auparavant ils n'ont flanché. Ils se sont battus sans trêve, sans relâche, pour moi. Mais là, je sens qu'ils ne savent même plus quoi penser. Ils seraient bien incapables de me remonter le moral.

– Qu'est-ce qu'on fait ? me demandent-ils en me regardant avec gravité.

Cette question agit sur moi comme un coup de fouet. Je ne marche pas ! Je ne baisserai pas la tête ! Je ne m'inclinerai pas ! Ils se sont trompés deux fois, tant pis ! La peine de vingt-cinq ans qu'on vient de m'infliger me permet, grâce au système des remises de peine et compte tenu de mes quatorze ans de détention, de sortir dans quelques mois à coup sûr. Mais par la petite porte. Coupable mais libre. Et alors ça, pas question ! Qu'est-ce qu'ils croient, ceux qui m'accablent depuis des années ? Que le petit Dils va trimbaler dehors le fardeau du tueur d'enfants ? Jamais ! Quelques jours avant que le procès ne commence, Me Florand m'a expliqué qu'une nouvelle loi permet désormais de faire appel d'un procès d'assises. Bien sûr, si je réclame un autre procès et que je l'obtiens, je cours le risque d'être de nouveau condamné à la perpétuité... Mais tant pis ! Je préfère ça.

Je n'ai pas réfléchi une seconde de plus avant de répondre à mes avocats.

– Je suis innocent, Maîtres, et je sortirai par la grande porte.

Plutôt l'enfer du monde carcéral que le déshonneur à perpétuité, à l'air libre. Brisé pour brisé, autant lutter. Je décide de donner une troisième chance à la justice de trouver la vérité. Moi, même derrière des barreaux, j'ai l'âme propre.

– Je continue, Maîtres. Je vais me battre, jusqu'au bout.

– 9 –

INNOCENT !

La cour de la maison d'arrêt de Reims est surpeuplée. Des groupes de détenus, des inconnus pour moi, bavardent ou jouent au foot sous un soleil de plomb. Je vis désormais parmi eux. Aujourd'hui, 30 juin 2001, ils ne font pas attention à moi, malgré la médiatisation exceptionnelle dont j'ai fait l'objet, et c'est tout juste si je les vois. Le procès m'a épuisé physiquement. J'ai mal aux jambes, aux pieds, au dos. J'essaie de me dégourdir. Je marche dans la cour, comme un boxeur groggy. Mon dernier combat a mal tourné... Et c'est mon anniversaire. J'ai trente et un ans, près de la moitié de ma vie a été gâchée en prison. Au programme, pas de gâteau en famille, pas de pizza avec mes avocats. Solitude et dégoût de tout. De moi, en premier lieu. Je ne me supporte plus...

J'ai beau crier à l'injustice – elle est réelle, absurde, effroyable – je sais au fond de moi pourquoi je suis encore en prison, alors que l'« accusateur public » lui-même souhaitait mon acquittement. C'est ma faute ! Je me suis mal défendu. Dans un procès d'assises, on n'a pas le droit de s'en remettre à 100 % à ses défenseurs. Il faut être là, et bien là. Au maximum de ses capacités. L'idée que le jury s'est faite de moi m'a desservi. Ils ne m'ont pas aimé, n'ont pas été émus par ma souffrance. Je me demande s'ils m'ont cru quand je parlais. J'ai fait quelques tentatives, contre Varlet par exemple, mais je n'ai pas été à la hauteur de l'événement. C'était à moi de faire comprendre aux jurés que j'avais été le jouet d'une manipulation. J'en ai été incapable... Je ne pense qu'à ça. Je n'ai pas donné le meilleur de moi-même. Même pas le quart de ce que j'avais dans les tripes. J'ai été nul. Un point c'est tout.

Il faut que je change si je veux ne plus me montrer aussi mauvais à mon troisième procès. Je vais d'ailleurs être le premier individu à « bénéficier » de trois procès. Je me serais bien passé de ce record. Mais c'est un fait et ce sera ma dernière chance. Je devrai être bon, humain, crédible, imparable, solide, intransigeant, virulent... J'en souris. C'est impossible ! Je n'y arriverai pas. Du moins pas tout seul. Il me faudrait de l'aide. Mais à qui demander de l'aide dans ce domaine, quand on est en prison ? Et de plus dans une maison d'arrêt où l'on ne connaît personne, ou presque ?

Ici, à Reims, plusieurs détenus me parlent mais un seul est prêt à m'aider : Pierre Lefèvre. Il purge une longue peine et est régulièrement venu aux nouvelles, le soir, après les audiences. Pierre, dit « Pierrot », dit « Papy », est un type chaleureux et attachant. Taille moyenne – environ un mètre soixante-dix –, mince, le visage émacié, le front légèrement dégarni et des cheveux courts, bouclés, poivre et sel. À cinquante-trois ans, Pierrot a l'air d'un jeune papy sympa, intelligent et malicieux. Issu d'un milieu modeste, ce petit-fils de verrier est un boute-en-train, toujours de bonne humeur, généreux, curieux de tout. On se demande pourquoi un homme aussi charmant est sous les verrous. Pourquoi il croupit ici depuis quatre ans, avec sept ans de détention devant lui, au minimum, pour en finir avec sa peine de sûreté de onze ans...

Moi je le sais, mais je ne le dirai pas. Tout être humain a droit au respect de sa vie privée. Pourtant ce qu'il a fait est abominable, mais je laisse à sa conscience la liberté de le harceler. Quant à moi, on m'aurait dit il y a quelques années que cet homme deviendrait mon ami, et mon meilleur soutien, je ne l'aurais pas cru. Seulement c'est ainsi. Je n'ai pas choisi de vivre dans cet univers, on m'y a mis de force. Ça m'a permis de comprendre une chose : l'adage selon lequel il vaut mieux vivre seul que mal accompagné ne vaut que pour les hommes libres. En taule, le respect de ce principe équivaut à un suicide. D'abord physique. Seul, entre quatre murs, on ne survit pas. J'en sais quelque chose. Isolé, silencieux pendant des années, j'ai été humilié, violé, battu sans que jamais personne ne prenne ma défense. Suicide psychique aussi. À vivre avec soi-même derrière les barreaux, on se dévore de l'intérieur, on se brûle l'esprit et l'âme. Il faut parler, échanger, pour rester un être humain avec toute sa tête. Ou presque toute sa tête, parce que la détention rend fou, un petit peu, ou vraiment beaucoup, ça dépend. Mais elle ne vous laisse pas indemne. Alors... on ne refuse pas une main tendue par un homme sincère et désintéressé. C'est vital !

Je ne sais pas pourquoi Pierrot s'est pris de sympathie pour moi.

« Je ne supporte pas l'injustice ! » affirme-t-il. Et il

admire le courage que j'ai eu de préférer un troisième procès à une libération conditionnelle rapide.

– Tu as raison d'avoir choisi de te battre pour sortir d'ici blanchi, me dit-il un jour. Tu vas leur démontrer que tu es innocent.

Je suis ravi qu'il m'approuve. Pierre est expert en procédures judiciaires. À Reims, tous les détenus le connaissent. Ils viennent toujours le voir lorsqu'ils ont besoin de conseils juridiques... Mais je suis moins enthousiaste que lui. Je ne suis pas sûr du tout de pouvoir « démontrer » quoi que ce soit à des jurés. Les seules choses que je sache faire, c'est me faire détester et inspirer la défiance !

– Je voudrais bien que tu aies raison, Pierrot... Mais je me demande si je ne vais pas encore une fois m'attirer la haine des gens au procès. Je ne sais pas comment m'y prendre pour ne pas être complètement tétanisé quand je pénètre dans ce maudit box des accusés !

Il n'hésite pas une seconde.

– Tu veux que je t'aide ?

Surpris, je le dévisage. Est-ce qu'il se moque de moi ? Il a l'air sincère. J'hésite :

– Je ne vois pas trop comment tu pourrais me donner un coup de main. Je ne comprends plus rien. Je suis fatigué...

– Est-ce que tu es prêt à me faire confiance ?

Il n'a aucun intérêt à me soutenir, rien à y gagner, sinon des soucis, des problèmes. Je sens qu'il fait ça par générosité, et par compassion. Il est la seule personne, en prison, à m'avoir cerné et à avoir osé me dire ce qu'il pensait de moi... Et si j'acceptais son aide ?

– Je suis prêt à t'écouter, Pierrot. À tout faire pour m'en sortir... Tu as une idée derrière la tête ?

– Si tu joues cartes sur table, oui.

– Je n'ai rien à cacher !

– Tu es d'accord pour me montrer les pièces de ton dossier ?

– Bien sûr.

– Alors je vais faire le nécessaire pour que nous soyons dans la même cellule afin que nous puissions travailler à fond, tous les jours.

– Tu crois que c'est possible ?

– T'inquiète pas !

– Ça me semble gros, quand même.

– Tu as dit que tu me faisais confiance., alors on commence tout de suite. C'est mon boulot de nous réunir... Je vais t'aider, Patrick. Et tu vas voir : cette fois, tu les auras !

J'accepte sa proposition. Je n'ai rien à perdre. Je ne sais pas encore quand aura lieu le nouveau procès mais je suis décidé à m'y préparer. À me débarrasser, si possible, de cette redoutable timidité. À ne plus me laisser impressionner. À ne plus sombrer dans le mutisme dès que la peur m'envahit. Je dois apprendre à extérioriser mes sentiments. J'ai compris que l'image que je donne de moi est importante, au même titre que le dossier de la défense, puisque les arguments les plus pertinents de mes avocats ont été contrebalancés par une moustache « mystérieuse » et des lunettes « dissimulatrices ». C'est difficile à admettre, mais c'est ainsi.

Quelques jours plus tard, Pierre Lefèvre m'annonce qu'il est parvenu à convaincre l'administration de nous laisser partager la même cellule. Immédiatement, je lui accorde une totale confiance... Et je me décide à l'appeler « Papy ». Entre nous s'établit bientôt une relation forte basée sur le respect. Papy est convaincu de mon innocence et s'efforce de me faire prendre conscience du blocage psychologique que je traîne depuis des années et qui m'empêche de communiquer. Si tout le monde me décrit comme un être froid, dénué de sentiments, c'est que mon attitude, d'une certaine façon, provoque cette impression. Alors qu'à l'inverse, intérieurement, les émotions me submergent et me bouleversent en permanence.

C'est sur ce point que Papy me fera peu à peu travailler. Mais il ne se lance pas au hasard. D'abord, il ne veut plus rien ignorer de mon affaire.

– Voilà comment on va procéder, explique-t-il dès le premier jour. Je vais étudier toutes les pièces du dossier et surtout des procès-verbaux. Ceux de la défense comme ceux de l'accusation. Ensuite, ensemble, on va les décortiquer, les analyser, les comprendre.

J'acquiesce, même si je ne vois pas bien où il veut en venir.

– Pour être à l'aise, reprend-il, et capable de t'exprimer avec force et conviction, il faut que tu connaisses le sujet totalement... On va commencer par « l'arête de poisson ». Je vais te préparer à répondre à toutes les questions susceptibles de t'être posées. Ainsi tu ne te laisseras plus désarçonner par d'éventuelles attaques, accusations ou confrontations. En plus de décortiquer les P.-V., on va aussi parler de ton vécu, c'est important. C'est même très important... Mais attention, je te préviens, il va falloir bosser ! Je ne te demande qu'une chose, c'est de ne pas rechigner devant le travail que je vais te confier. Rien ne sera facile et il ne faudra pas lâcher ! O.K. ?

– Ça marche ! Je te promets que je ferai de mon mieux, Papy. Je veux vraiment m'en sortir... Qu'est-ce que c'est, « l'arête de poisson » ?

– C'est tout simplement une ligne horizontale qui symbolise ton affaire : le crime et les présences à proximité. À gauche, l'heure de démarrage et à droite l'heure de fin. Dans ce créneau horaire, on va placer les témoins. On va pouvoir situer dans le temps toutes les personnes qui sont intervenues dans la rue et noter exactement qui a fait quoi. Le but de l'arête de poisson est de mieux positionner les événements dans un espace-temps précis. En schématisant de la sorte, tu pourras mieux comprendre l'imbrication des différents témoignages dans l'intervalle de temps où l'on t'accuse d'avoir tué les gosses.

– Va pour « l'arête de poisson » !

Nous nous sommes mis au travail immédiatement. Et ça a duré quatre mois.

Chaque matin, avant de se rendre au service informatique où il bosse, Papy me donne des procès-verbaux à étudier. Je suis en « transit » à Reims et je n'ai pas de boulot. J'ai tout mon temps. J'étudie donc ce qu'il m'a donné, jusqu'à son retour, vers 11 heures. Nous restons alors en cellule pour décortiquer mon travail du matin. Bien sûr, Papy soulève des questions auxquelles je n'ai jamais pensé. Petit à petit, je deviens plus attentif et surtout plus vif d'esprit. Je découvre même dans les procès-verbaux des éléments qui m'avaient échappé. Grâce à Papy, je me sens enfin acteur de mon histoire. Je ne suis plus le piteux spectateur du carnage. Moi aussi je me bats.

Après ce travail d'étude, quel que soit le temps, Papy et moi descendons en promenade. Chaque après-midi, assis sur un petit banc, en face de moi, Papy me prépare aux interrogatoires et aux confrontations futures avec les témoins. Il insiste pour que je sois précis, que je choisisse mes mots, mes phrases, et le ton sur lequel je les prononce.

– Plus tu auras l'air sûr de toi, plus tu paraîtras crédible aux yeux des jurés.

– D'accord, Papy, mais ce n'est pas facile d'être précis sur des événements qui remontent à quinze ans, surtout quand n'a rien à se reprocher et qu'on se retrouve néanmoins accusé.

– C'est pour ça qu'il faut s'entraîner !

En fait Papy devient mon coach, comme si j'étais un boxeur à l'approche d'un championnat du monde. Il m'apprend même à parler haut et fort. Je ne sais pas s'il s'est mis dans la tête de me « débloquer psychologiquement », mais, dans ce cas, il s'attaque à une montagne ! Il ne se ménage pas et ne me ménage pas. Surtout quand il m'entraîne à contrer l'inspecteur Varlet. Ça me rend si nerveux d'affronter l'homme qui a brisé ma vie que je ne tiens pas en place. Papy est obligé de me faire « répéter » en marchant dans la cour. Il joue à merveille le rôle de l'inspecteur : odieux, impatient, menteur, de mauvaise foi ! Et chaque fois que « Varlet » me coince, à force de ruse et de mensonges, Papy sort de son rôle, m'explique l'erreur que j'ai commise, et rectifie mes interventions.

– Varlet va maintenir que, pendant ta garde à vue, il t'a fait bénéficier d'un traitement de faveur, à cause de ton jeune âge.

– C'est complètement faux !

– Je le sais, mais lui il va le dire. Et toi, il va falloir que tu répliques quand il déclarera : « Patrick Dils a été très bien traité. Mieux que n'importe qui. Il avait à peine seize ans et bien entendu j'en ai tenu compte. »

Je me lance :

– C'est pas vrai ! Lors de l'interrogatoire je n'ai pas eu à manger...

Volontairement Pierrot m'interrompt, comme l'a fait Varlet au procès de Reims, et me contre :

– Mais si ! coupe-t-il avec véhémence. On ne peut pas garder quelqu'un en garde à vue sans lui donner à manger ! Et de toute manière, pour ce qui concerne les repas, tout a été consigné dans les procès-verbaux.

Et voilà, je suis bloqué... Je ne sais plus quoi répondre. Papy me secoue :

– Enfin, Patrick ! Ce n'est pas parce que c'est écrit sur un morceau de papier que tu as vraiment eu à manger ! Réfléchis deux minutes : il peut avoir noté ce qu'il veut. Ne te laisse pas démonter aussi facilement. Tu ne dois pas te laisser terroriser par ce Varlet... D'abord tu vas parler plus fort. Ensuite tu vas me regarder dans les yeux. Il faut le défier ! C'est lui qui doit avoir peur, parce qu'il ment. Et dans un tribunal qui plus est, alors qu'il a juré de dire la vérité !... Tu n'es plus un enfant et lui n'est plus en fonction. Il ne peut plus te faire aucun mal ! En revanche, toi, en l'accusant de mentir, tu peux lui nuire. Alors, tu comprends, le plus fort des deux c'est toi ! Et il faut que ça se voie de suite. Tu dois être convaincant en le contrant. À toi de persuader les jurés que tu dis vrai. Dis-toi que si tu arrives à les convaincre sur des petites choses comme ça, tu arriveras à les convaincre de ton innocence. En revanche, si Varlet te bloque, les jurés penseront que tu mens et tu ne seras plus crédible. À toi de jouer et ne néglige rien. Tu dois être excellent tout le temps. Sans répit. C'est la dernière ligne droite, Patrick. Tu dois la courir à fond ! Après tu pourras te reposer.

Formidable Papy ! Cet homme m'a tant apporté ! Je lui dois en grande partie ce que je suis aujourd'hui. Il a fait un miracle : il m'a totalement transformé. Non seulement il m'a réellement « débloqué psychologiquement », comme il le souhaitait, mais il m'a donné confiance en moi. En seulement quatre mois, le temps de mon séjour à Reims, avant qu'on me réexpédie à Toul pour attendre – six mois – mon troisième procès. Celui de Lyon.

Jamais je n'oublierai Papy, et ses conseils. Merci... Qui que tu sois, quoi que tu aies fait, merci Papy.

*
**

Tous les fourgons cellulaires ne se ressemblent pas. Avant de monter dans celui qui me conduit au palais de justice de Lyon, j'aurais juré du contraire. Pourtant, comme les autres, ce fourgon-là est laid, puant, brinquebalant. Ceux qui me gardent ou pilotent l'engin ne sont pas plus courtois que d'habitude. Et moi, dedans, je suis ballotté dans tous les sens. Je vois le monde derrière des grillages. Les menottes me blessent. Mais cette fois, c'est différent. Rien de tout cela ne me gêne. Je m'en fiche. On aurait pu m'attacher dans une charrette, comme on le faisait autrefois, ça ne m'aurait pas humilié. Il en faudrait plus pour me déstabiliser... J'ai hâte d'arriver. Et de me battre.

Dans les semaines qui ont précédé, quand ils venaient au parloir ou quand ils me téléphonaient, c'est tout juste si mes parents me reconnaissaient. J'exagère, bien sûr, mais j'ai vu papa et maman échanger des regards étonnés en m'entendant avancer des arguments concernant ma défense. Parfois, il y avait des blancs au bout du fil, parce qu'ils n'en revenaient pas de ma détermination à affronter cette ultime épreuve. Épreuve, oui, mais ce mot n'a plus pour moi le sens de calvaire ou de torture. C'est un match, une rencontre, un examen, un concours, ce qu'on veut, mais avant tout un moment de ma vie qui m'appartient, et dont je veux sortir vainqueur. Plus que ça : je veux en sortir grandi et meilleur, pour toujours.

En quelques mois je suis devenu un homme. Je m'assume. Oh ! bien entendu, je ne me suis pas transformé en héros de film d'aventures ni en fort en gueule, et certainement pas en orateur. Mais je sais m'exprimer, j'en ai envie, même si je dois encore me faire violence quand il faut me lancer. C'est sans doute peu de chose pour une grande majorité des gens, mais pour moi, à l'intérieur, c'est une révolution. Il faut imaginer ma psychologie comme une grotte ténébreuse... Et grâce au « coaching » de Papy, je viens d'en trouver l'issue ! La lumière ! C'est encore une voie étroite et tortueuse, mais je connais le chemin. Je sais sortir de moi-même pour offrir aux autres une image moins négative, moins désastreuse. Je ne veux plus traîner derrière moi cette sale ombre de coupable idéal.

D'ailleurs il ne reste plus grand-chose de ma culpabilité. Entre le deuxième procès et ce troisième qui va s'ouvrir, il s'en est passé, des choses ! Et toutes en ma faveur. La première, la plus importante : une contre-enquête de la gendarmerie, ordonnée par la présidente. Pendant plusieurs mois, une équipe complète a travaillé à plein temps sur l'affaire, en bénéficiant de moyens financiers importants et d'une technologie de pointe. Au point que la presse a baptisé « cyber-gendarmes » les hommes qui composaient ce groupe. Grâce à des logiciels sophistiqués, ils ont croisé les cent quatre-vingt-quatorze témoignages en leur possession afin d'établir des « points d'appui ». Autrement dit, ils ont recoupé les informations pour les placer sur une échelle de temps et établir des faits précis, incontestables... L'« arête de poisson » de Papy ! Mais parfaitement scientifique. Leur système fonctionne ainsi : si un premier témoin a vu les vélos à 17 h 15 à un endroit, si un deuxième les a vus exactement au même endroit à 17 h 30, un troisième à 17 h 35, un quatrième à 18 heures, les gendarmes concluent que, de 17 h 15 à 18 heures, les vélos n'ont pas été déplacés. Autre exemple : si, à une heure précise, un témoin m'a vu dans la rue en un point A et qu'un deuxième témoin m'a vu deux minutes plus tard dans la même rue, en un point B, à cent mètres de distance du point A, les gendarmes établissent que je me trouvais bien dans cette rue à l'heure dite et que je me déplaçais du point A au point B. Aucun flou, aucune approximation. Jamais une reconstitution aussi précise n'a été réalisée.

Ces nouveaux enquêteurs ont déterminé que les enfants ont donné signe de vie pour la dernière fois à 17 h 15. C'est fondamental ! Les parents d'Alexandre et de Cyril partent à leur recherche, à pied, à 18 h 20. Puis, à 18 h 35, ils prennent une voiture. Entre 18 h 45 et 19 heures, les parents se trouvent au bas du talus, près de leur véhicule. Moi, je rentre de la Meuse vers 18 h 55. Un fait maintes fois confirmé. Dans toutes mes déclarations j'explique avoir vu, vers 19 heures, en remontant la rue après avoir été chercher des timbres dans la benne à ordures, une voiture dont les phares étaient allumés et qui était stationnée au bas du talus.

Selon les gendarmes, si j'avais tué les enfants après avoir fouillé les poubelles, entre 18 h 55 et 19 heures, je serais forcément passé devant les parents au pied du talus. Et j'aurais ensuite escaladé ce talus et assassiné Alexandre et Cyril, à quelques mètres seulement de leurs parents, sans que ceux-ci entendent un cri, sans qu'ils notent la moindre agitation ? Les gendarmes sont formels : c'est impossible. De leur point de vue, le fait que les enfants, turbulents, ne se soient plus manifestés depuis 17 h 15 laisse supposer qu'à 19 heures ils étaient déjà morts. Ils concluent que je ne peux pas être l'auteur des crimes puisque je n'étais pas là au moment où ceux-ci ont été commis. C'est d'ailleurs la version initiale, découlant de l'expertise du légiste qui établit la mort des enfants autour de 17 ou 18 heures. Cet horaire n'a été modifié que par la suite, au moment de mes « aveux », pour leur donner de l'authenticité.

Semblables déductions pourraient suffire à mon espoir, bien sûr, mais les gendarmes ne se sont pas arrêtés là : ils ont cherché à savoir s'il existait dans mes aveux un détail que seul le meurtrier pouvait connaître. De façon exhaustive, tous les articles de presse ont été décryptés, ainsi que les reportages audiovisuels. Leur conclusion est sans appel : je n'ai pas divulgué une seule information qui n'ait déjà été dans la presse.

Enfin, les gendarmes se sont intéressés à Francis Heaulme avec un soin particulier, surtout en comparant son mode opératoire et les constatations faites sur la scène de crime de Montigny. Similitudes qu'avaient déjà soulevées Dominique Rizet et Me Florand, mais là c'est « officiel ».

L'un des deux enfants a été retrouvé avec son pantalon baissé jusqu'aux genoux. Francis Heaulme est fasciné par les organes sexuels à cause de sa propre morphologie (ses testicules ont la taille d'une olive). Il déshabille ses victimes. La plupart d'entre elles étaient totalement ou partiellement nues quand elles ont été découvertes. Aucune n'a été violée. Les enfants non plus. Des cordelettes ont été retrouvées près de certaines victimes de Heaulme et il y en avait une à Montigny. Francis Heaulme défèque parfois à côté des corps et l'on a noté la présence d'excréments à proximité des enfants. Les gendarmes mettent en relief la violence des crimes de Heaulme, son acharnement sur les corps. À Montigny, le crâne des enfants a été fracassé si violemment que des morceaux d'os et de substance cérébrale ont été projetés autour des corps. Heaulme utilise des pierres. Heaulme agit sans mobile apparent. Il attaque lorsqu'il se sent victime d'un geste ou d'une attitude qu'il interprète comme une agression. L'une de ses victimes lui pose simplement la main sur l'épaule. Une autre se fait bronzer, les seins nus. Heaulme déclare que, sur le talus, les enfants de Montigny lui ont jeté des pierres, qu'il a voulu les corriger, mais qu'il est arrivé trop tard. La vulnérabilité des victimes est aussi un point commun à tous les malheureux qui croisent la route du tueur en série : des personnes seules ou jeunes, qui ne peuvent se défendre ni lui échapper. À une exception près, Heaulme a toujours opéré dans des lieux discrets. Alexandre et Cyril ont été assassinés à l'abri des regards, entre une voie de chemin de fer et le ballast de la voie ferrée. Après un meurtre, Heaulme se fait interner en hôpital psychiatrique pendant quelques jours, ce qu'il a fait le lendemain du massacre de Montigny. En conclusion, les gendarmes mettent en avant la « quasi-signature criminelle » de Francis Heaulme.

C'est beaucoup, beaucoup plus que je ne pouvais imaginer ! Mais, plus que moi, c'est ma mère qui est stupéfaite de voir ainsi son intuition confirmée. Souvent, je lui rappelle qu'elle est entrée dans le bureau de Me Florand avec un article de presse, plié en quatre, et rien d'autre pour appuyer ses dires. C'est formidable que l'amour d'une mère puisse tant de choses. Parce que si j'ai enfin une chance de m'en sortir, c'est grâce à elle, grâce à la force de conviction qu'elle a déployée ce jour-là.

Plus étonnant encore, des témoignages nouveaux viennent renforcer la conviction des gendarmes. Ainsi deux pêcheurs à la ligne ont décidé de témoigner, avec quinze ans de retard. En découvrant le verdict de Reims aux informations télévisées, ils ont compris qu'ils ne pouvaient plus se taire. Le 28 septembre 1986, à Montigny-lès-Metz, ces deux pêcheurs avaient trouvé Francis Heaulme ivre mort, allongé par terre, ensanglanté, non loin du lieu des crimes. Ils avaient raccompagné Heaulme en voiture chez sa grand-mère, qui habitait non loin de chez eux.

En fait, cette fois-ci la chance avait souri à Me Becker. Un dirigeant de société, dont il était l'adversaire dans un procès, avait en effet entendu deux de ses ouvriers discuter entre eux et critiquer la décision de Reims. Surpris par leurs certitudes, ce directeur de société avait téléphoné à Me Becker pour lui faire part de ce qu'il avait entendu. Sans hésiter une seconde, Me Becker a aussitôt fait venir les deux ouvriers en question à son étude et demandé à un huissier de recueillir leur témoignage. Je me rappelle, comme si c'était hier, la visite de Me Becker à la prison quand il vint m'annoncer la nouvelle ! Non seulement nous savions désormais que Heaulme était présent à Montigny le jour du crime, mais maintenant, deux personnes, les ouvriers pêcheurs à la ligne, l'avaient vu le visage recouvert de sang séché sur la voie de chemin de fer à quelques kilomètres du lieu du crime et à une heure permettant d'avoir de sérieuses présomptions !

C'est incroyable que tant d'éléments nouveaux surgissent après le verdict de Reims. Comme s'il fallait que l'injustice soit confirmée pour que tout le monde prenne conscience de l'importance de ce qui se joue... Comme s'il fallait que je décide d'abord de me battre pour que les conditions de la victoire se réunissent.

Alors, vraiment, ce fourgon qui me conduit au palais de justice est très différent des autres... Et puis, il va beaucoup moins vite que les précédents. Parce que les abords du tribunal sont embouteillés. Des dizaines de voitures encombrent les accès : des véhicules de presse. Cette fois, tous les journaux, toutes les radios, toutes les chaînes de télévision sont prêts à rendre compte de ce procès. Ils peuvent le faire, car aujourd'hui je ne vais pas être jugé derrière des portes closes.

Ce miracle-là, je le dois à Me Florand et au député Michel Colcombet. Il a rédigé, à l'attention de l'Assemblée nationale, une proposition de loi qui a été adoptée par les députés, puis par le Sénat, et qui a été promulguée par le chef de l'État. Désormais un accusé, mineur à l'époque du délit mais majeur au jour de son jugement, a la liberté de choisir entre un procès à huis clos ou un procès en public. Mon défenseur et moi avons bien entendu choisi le procès public. Il ouvre les portes aux médias, que Me Florand a tout fait pour sensibiliser. Je peux même dire qu'il ne les a pas lâchés, pendant trois ans !

À travers le grillage du fourgon je vois toutes ces voitures, toutes ces camionnettes, frappées des sigles des grands médias... Et finalement, mon véhicule est bloqué. Sur les marches du palais, une vingtaine de personnes sont réunies. Elles ont déployé une banderole sur laquelle on peut lire : « LIBÉREZ PATRICK DILS ». Un peu plus loin, une femme brandit un carton sur lequel elle a écrit « DILS = INNOCENT ». Je ne les connais pas, mais je sais que ces gens appartiennent au comité de soutien créé en ma faveur par mon ami d'enfance Jean-Claude Seignert et son épouse Marie-Claire. J'essaie de les apercevoir, ainsi que mes parents. En vain. Le fourgon avance de nouveau. Il contourne le palais. L'entrée des accusés est située à l'arrière du bâtiment. Le moment est venu : je vais pénétrer dans la salle où mon sort va se jouer... Et le public comme les journalistes vont me découvrir, moi. Je ne suis plus un pion, un pantin qu'on agite ou qu'on laisse là, désarticulé...

*
**

La réalité dépasse ce que j'avais imaginé. La salle est pleine à craquer. Les gens se bousculent et les policiers sont contraints de faire refluer les derniers arrivés. Des dizaines de cameramen et de photographes se ruent vers moi. Je suis filmé et mitraillé. Je suis impressionné, mais je ne le montre pas. Je me souviens de Reims ! Plus de lunettes fumées, finies les moustaches et les fringues sans âge. Je me suis fait couper les cheveux, je porte des vêtements simples et convenables.

J'aimerais que les journalistes s'écartent un moment pour voir mes parents et mon frère, leur adresser un petit signe, mais c'est impossible. Je dois attendre que les médias aient fait leur boulot. Alors, pour ne pas perdre ma concentration, je pense aux leçons de Papy. Je me répète tous ses conseils. C'est le moment, parce que le combat commence. Il va durer treize jours. Et par bonheur, il ne ressemblera en rien à la parodie de Reims.

Tout est organisé, les audiences ne s'achèvent jamais après 21 heures. Les jurés ont le temps de se reposer et se montrent attentifs. Ils prennent des notes, posent des questions. Ils semblent désireux de comprendre l'affaire... Leur attitude me rassure. Quant à la présidente, une femme d'une soixantaine d'années, elle a repoussé la date de son départ en retraite pour conduire mon procès. Ce sera son dernier. Elle a beaucoup de classe et sa voix me met en confiance. Je sens chez elle une certaine compassion et surtout un intérêt sincère. Il lui arrive de m'aider quand mes réponses manquent de clarté – car ça m'arrive encore, bien sûr ! Elle s'assure que je me suis fait comprendre : « C'est bien ça que vous voulez dire ? Vous ne vouliez pas qu'on vous voie près des poubelles parce que vous aviez honte ? On a bien compris. » Pour la première fois, j'ai l'impression que la justice est soucieuse de... de justice !

En revanche, les avocats des parties civiles sont beaucoup plus remontés contre moi qu'à Reims. Peut-être parce qu'ils sont moins sûrs de leur fait. Peut-être parce qu'ils constatent que je ne suis plus décidé à me laisser faire. À l'inverse, mes avocats, Me Florand et Me Becker, paraissent sereins. Et les témoins en ma faveur sont beaucoup plus nombreux que ceux qui m'accusent.

Comme prévu, l'intervention des gendarmes produit un effet déterminant. Le capitaine Hans présente leurs conclusions à l'aide d'un cédérom dont le contenu est projeté sur un écran. Il établit que je ne peux pas être l'auteur des crimes et explique pourquoi les gendarmes voient, à Montigny, « la quasi-signature criminelle de Francis Heaulme ». La démonstration du capitaine Hans dure neuf heures ! Elle captive les jurés et le public mais elle agace la partie civile, dont un des représentants ose même interrompre le capitaine au milieu de son exposé :

– Vous partez de l'hypothèse que monsieur Dils n'est pas l'auteur des faits, mais vous n'expliquez pas s'il a pu être l'auteur des crimes !

La réponse du gendarme, certain de la qualité de son enquête, est sans appel :

– Cette hypothèse a été envisagée. Mais l'ordinateur l'a rejetée. On ne peut pas la caser car elle ne fonctionne pas.

Le témoignage de l'ancien gendarme Abgrall enfonce encore le clou. Il explique que Francis Heaulme n'a pas parlé du massacre de Montigny par hasard, que le tueur en série n'invente rien mais qu'il mélange souvent des éléments de crimes différents. De l'une de ses victimes pourtant découverte complètement dévêtue, il dit qu'il a baissé son short jusqu'aux genoux. Cet élément rappelle Montigny. Lorsqu'il est interrogé sur le meurtre d'Aline Perez, commis en 1989, Heaulme parle d'un certain Henry Leclerc. C'est le nom du premier homme à avoir « avoué » les crimes de Montigny et il n'a jamais eu de rapport avec Aline Perez... Abgrall cite une quinzaine d'éléments extrêmement précis correspondant à l'assassinat d'Alexandre et de Cyril, tous donnés spontanément par Francis Heaulme. Le gendarme explique aussi que Heaulme emploie un vocabulaire militaire quand il parle de ses crimes et que, sept fois sur dix, il était alcoolisé lorsqu'il a tué. Heaulme confirme avoir été reconduit chez lui, le soir du drame, par des hommes en 4-L blanche, précise qu'ils ont emprunté « la route de guerre » et confirme qu'il a bu « quelques bières », probablement une dizaine.

À leur tour, les deux hommes à la 4-L sont appelés à la barre. Tout le monde attend leur témoignage, moi le premier, car il peut être décisif. Ils sont embarrassés, bien entendu, parce qu'ils se sentent coupables – à juste titre ! – de n'avoir pas expliqué plus tôt ce qu'ils avaient vu et fait ce maudit dimanche de septembre. Quinze ans pour des remords, c'est très long !

Ce soir-là, alors qu'ils pêchaient sur la rive de la Meuse, ils ont vu un homme, complètement soûl, endormi. Tous deux connaissaient « le grand Francis », car ils sont presque voisins de la grand-mère de Heaulme. En partant, après avoir remballé leur matériel, les pêcheurs se sont approchés de Heaulme et, craignant qu'il ne soit souffrant, l'ont porté jusqu'à leur 4-L, puis conduit chez son aïeule. Cette scène s'est déroulée après l'heure supposée des crimes et en un lieu situé entre la scène du massacre et le domicile de la grand-mère de Heaulme. Les pêcheurs affirment que Francis Heaulme était ensanglanté. Ses vêtements étaient tachés, éclaboussés. Il avait aussi du sang sur la tête, alors qu'il n'avait ni plaies, ni égratignures. Dans la voiture, Heaulme a repris ses esprits et leur a dit qu'il était tombé sur les pierres d'un chemin.

Lorsque la présidente leur demande pourquoi ils ne se sont pas manifestés au lendemain du crime, ils expliquent que personne n'imaginait alors que « le grand Francis » pouvait être un tueur. Ensuite ils se sont tus pour ne pas avoir d'ennuis avec la police. Quand j'ai été arrêté, huit mois plus tard, ils se sont rassurés en pensant que la présence de Heaulme n'avait rien à voir avec l'affaire. Plus tard encore, quand mon cas a été médiatisé et qu'on a commencé à suspecter Heaulme, les pêcheurs ont cru que je serais innocenté sans leur concours. Ma seconde condamnation, à Reims, dont ils ont été informés par la télévision, les a finalement décidés à parler...

C'est tellement fou que j'ai cru entendre le scénario d'un film policier de série B, avec des témoins qui surgissent de nulle part. Sauf qu'il ne s'agissait pas d'une fiction. Et que je suis resté quinze ans en prison sans que ces hommes ne lèvent le petit doigt ! L'histoire retiendra qu'ils ont tout de même eu le courage de soulager leur conscience. Je ne sais pas s'ils dorment tranquilles et parviennent à se regarder dans une glace...

Vient alors le témoignage de Francis Heaulme, celui que tout le monde attend. Lorsqu'il apparaît, comme à Reims, mais dans une salle comble cette fois, le silence se fait et le malaise s'installe. J'ai beau avoir déjà vécu cela, je suis de nouveau impressionné et je me demande ce que cet étrange « témoin » va dire. Pour moi, Heaulme est un mystère absolu.

Récemment, il a déclaré aux enquêteurs qu'il dirait la vérité mais qu'il ne voulait pas être mis en examen dans cette affaire. Il a chargé Henry Leclerc, en l'accusant d'être un détraqué sexuel. Il a dit qu'il était effectivement monté sur le talus et qu'il y avait vu Leclerc, braguette ouverte, près des victimes. Heaulme se serait alors approché pour toucher les enfants, il aurait remarqué que l'un d'entre eux avait le short baissé... Ensuite, plus rien. À l'entendre, ce serait un trou noir. Puis il se serait réveillé et il aurait vu Leclerc tuer les enfants. Des propos incohérents en apparence, mais aussi un récit dans lequel Heaulme se situe lui-même dans la scène de crime.

Au procès, lorsqu'il vient à la barre, nous sommes plus près l'un de l'autre que nous ne l'avons jamais été. Deux ou trois mètres... Je ne le quitte pas des yeux, pour m'habituer à sa présence et chasser mon appréhension. J'attends, j'espère qu'il va « m'aider ». Et c'est ce qu'il fait, d'une certaine façon, lorsque mon avocat l'interroge.

– Savez-vous pourquoi vous êtes là, Francis Heaulme, dans cette cour d'assises ? On ne vous veut aucun mal. On n'est pas là pour vous accuser. Ce que l'on attend de vous, c'est la vérité. Vous voulez bien nous aider ?

Heaulme répond sans hésitation :

– Ce que je sais, c'est que ce n'est pas Patrick Dils qui a tué les enfants.

– Ce n'est pas moi qui vais vous dire le contraire ! répond Me Florand. On est au moins deux dans cette salle à savoir que mon client est innocent. Vous et moi. C'est pour ça, monsieur Heaulme, que j'ai besoin de vous ! Je vous demande de m'aider. Moi, depuis des années, j'ai du mal à prouver que Patrick Dils est innocent... Comment savez-vous qu'il l'est ?

– Parce que je ne vois pas un jeune de seize ans tuer deux enfants. Moi je suis un tueur en série et je sais qu'il faut de la force pour tuer.

Pas d'aveu. Heaulme esquive. Il récidive quand la présidente lui demande à son tour :

– Connaissez-vous Patrick Dils ?

– Non, mais je pense tout le temps à lui.

– Pourquoi pensez-vous à lui ?

– Parce que je sais qu'il n'a pas tué ces enfants.

– À quel moment y pensez-vous ?

– Le soir.

– Et vous dormez bien ?

– Non, je dors mal... Pas très bien.

– Vous y pensez la nuit parce que vous savez que ce jeune homme est innocent. Peut-être est-ce cela qui vous empêche de dormir ?

Il y a un piège dans la question de la présidente. Si Heaulme a des remords, alors... Mais Heaulme ne tombe jamais dans les pièges.

– Non, répond-il, c'est pas ça qui m'empêche de dormir, j'ai toujours eu du mal. Je pense à Dils la nuit parce que j'y pense tout le temps, dans la journée et aussi le soir.

Heaulme est ensuite mis en présence d'Henry Leclerc, qu'il accuse, mais qu'il ne reconnaît pas quand il le voit. En fait, il ne l'a jamais vu... Heaulme est un manipulateur. Après avoir donné le détail de son emploi du temps, le 28 septembre 1986, il se tourne vers moi et répète une dernière fois qu'il me sait innocent.

Certains avaient imaginé qu'il avouerait, dans cette salle, pour me sauver. Pas moi. J'étais sûr du contraire, même si j'ignorais quelle allait être son attitude. À aucun moment je n'ai eu l'intention de faire quoi que ce soit pour qu'il dise « oui, c'est moi ». Je sais trop bien de quoi certains « aveux » sont faits. Je souhaitais seulement qu'il confirme ce que les gendarmes disaient, ce que les témoins disaient... À sa façon, il l'a fait.

L'inspecteur Varlet, lui – mon pire accusateur – ne tient compte de rien de ce qu'il a entendu ! À la barre il maintient sa version des faits sans vergogne, en ponctuant ses déclarations de sottises dans le genre : « Je préfère un innocent en prison qu'un coupable dehors ! » Il se ridiculise et provoque même des éclats de rire dans le public. Tout le monde le contre, y compris l'avocat général qui le prend en flagrant délit de mensonge. Bourru, apparemment maladroit, Varlet parvient néanmoins à se sortir des mauvais pas... Je ne vais pas laisser passer ça. Je sais que cet homme peut me nuire, au-delà de ce qu'on imagine. Il m'a jeté en prison, m'a extorqué des aveux. Et à Reims, c'est encore lui qui a gagné. Alors quand il affirme de nouveau que j'ai bénéficié de faveurs pendant ma garde à vue, parce que j'étais mineur, je n'hésite pas à prendre la parole. Et je le traite de menteur, moi aussi. Je dénonce ses pratiques, son système pervers, ses méthodes ignobles, ses falsifications. Finie la peur !

Ce n'est pas le seul moment où je prends la parole. Je m'exprime souvent, du mieux que je peux. Je clame mon innocence... Enfin ! Je parviens même à m'adresser directement à la présidente pour lui expliquer la situation dans laquelle je me suis trouvé.

– Madame la présidente, si je vous demande de me prêter votre stylo, vous allez me dire oui. Eh bien, à partir du moment où j'ai votre stylo dans les mains, vous pouvez m'accuser de vous l'avoir volé et je ne peux pas prouver le contraire. Pourquoi ? Simplement parce que, dans ce tribunal, vous êtes à la meilleure place et moi à la plus mauvaise. Celle de l'accusé. Alors si je ne peux pas vous prouver que je suis honnête pour un stylo, imaginez à quel point il m'est difficile de vous prouver que je suis innocent d'un double homicide qui s'est produit il y a quinze ans ! Si vous avez compris ça, vous avez tout compris.

Aujourd'hui, quand j'y repense, mon histoire de stylo me paraît un peu puérile. Parce que j'ai encore mûri. Mais si l'on considère que j'étais auparavant muet comme une carpe, ou tremblant, ou bafouillant, alors je peux dire que je me suis surpassé ! Quelques mois auparavant et sans l'aide de Papy, je n'aurais jamais osé dire cela. C'est peu de chose, mais j'en suis fier, parce que ce n'était pas calculé. C'est venu tout seul...

Papy a gagné ! Je ne suis plus l'innocent qui se tait, qui baisse la tête, fuit les regards, se dérobe, se cache, et... ressemble trait pour trait à l'idée qu'on se fait du coupable. Je sais de quoi je parle : j'ai été cet innocent-là pendant quinze ans.

Lors de ce procès, à Lyon, j'ai enfin réussi à m'adresser aux familles des victimes. Pour la première fois. Je ne suis pas parvenu à dire tout ce que j'avais dans le cœur, mais j'ai eu la force de me tourner vers Mme et M. Beckrich, les grands-parents d'Alexandre. Je leur ai dit, simplement, que je n'avais pas tué les petits, et que je ne cessais de penser à Cyril et à Alexandre, depuis quinze ans.

Je ne pense pas qu'ils m'ont écouté. Vraiment écouté. Je ne crois pas qu'ils pouvaient le faire. Mais il fallait que cela soit dit. C'est dans leur mémoire, ils y repenseront. Peut-être le jour où l'assassin de Cyril et d'Alexandre sera démasqué...

*
**

Le 24 avril 2002, le jury se retire pour délibérer. Pour la troisième fois, des hommes me jugent. J'attends...

Je me remémore les plaidoiries. Celle de Me Florand a été brillante, celle de Me Becker m'a à nouveau arraché des larmes. L'avocat général a laissé les jurés libres de leur décision... Est-ce suffisant pour que je sois confiant ? Oh non ! Je sais ce que j'ai récolté à Reims, où pourtant l'avocat général avait demandé qu'on m'acquitte... Certes, à Reims, personne – surtout pas des gendarmes – n'avait démontré aussi clairement que je ne pouvais pas, matériellement, avoir tué ces enfants, mais on me voyait quand même déjà dehors. Et j'ai pris vingt-cinq ans... Cette fois, pas d'appel possible, plus aucun recours juridique. L'ultime verdict va tomber. Alors j'ai peur. Très peur. J'attends...

Deux heures et demie plus tard, la sonnerie retentit. Le jurés ont délibéré... Mes avocats tentent de me rassurer, mais je suis transi, en sueur. Les vêtements me collent à la peau. Je crève d'angoisse. Je ne peux m'empêcher de penser que deux jurys m'ont déjà condamné. J'ai ce stupide dicton dans la tête : « Jamais deux sans trois ! » Je ne suis que l'ombre de moi-même quand je pénètre dans le box des accusés. Je suis à bout.

La présidente prend alors la parole, puis elle me fait signe de m'asseoir. Inutile de demander le silence, la salle retient son souffle... Et c'est alors que mes deux avocats, assis sur le banc juste devant moi, font cette chose étrange : sans se consulter, sans même se retourner, chacun d'entre eux passe un bras par-dessus la rambarde et me tend une main. Je prends celle de Jean-Marc Florand dans ma main gauche, et celle de Bertrand Becker dans ma main droite. Je n'oublierai jamais ce moment.

Grâce à cela, ou à cause de cela, de cet élan spontané, je n'entends même pas la présidente énumérer les questions habituelles. Ce qui est encore plus incroyable, c'est que je n'entends pas non plus la réponse du jury. Je crois que mon esprit s'est fermé. Je n'entends pas ce mot que tout mon être attend depuis si longtemps. Mais je comprends ! Parce que mes avocats serrent si fort mes mains ensemble, à la même seconde, que je crois qu'ils vont les broyer. Je sais que je suis acquitté, reconnu non coupable !

Aussitôt mes défenseurs se tournent vers moi et me parlent. Je ne sais pas ce qu'ils disent ; ils parlent en même temps. Et dans la salle des gens bondissent sur leurs pieds, des cris de joie fusent au milieu d'un tonnerre d'applaudissements. Me Florand hausse la voix et me crie :

– C'est bon, Patrick ! On a gagné ! Tu es acquitté !

Acquitté ! C'est le mot – acquitté – qui rime avec liberté ! Et pas acquitté « au bénéfice du doute » : totalement blanchi, innocenté !

Je regarde mes avocats. Quels visages ! Je ne les ai jamais vus dans cet état, avec ce sourire sur les lèvres et en même temps une expression de grande douleur. Ils fondent en larmes et me serrent dans leurs bras, très fort. Moi, je ne craque pas. Par-dessus l'épaule de mes défenseurs, je cherche des yeux mes parents et mon frère. La joie immense, incomparable, que je ressens, je veux la partager avec eux. Avec tous ceux qui viennent de me sauver la vie, certes, mais d'abord avec les miens. Ma famille, sans qui je serais mort de désespoir dans une cage de six mètres carrés.

Je les vois enfin, ma mère, mon père, mon frère, mais je ne peux pas aller à leur rencontre, et eux ne peuvent se frayer un chemin jusqu'à moi : il y a trop de monde. C'est la bousculade. Nous allons devoir attendre. Quelques heures encore. De toute façon, nous n'aurions pas aimé que ces effusions se déroulent devant les objectifs des caméras et des appareils photo. Mes parents et moi, conseillés par Me Florand, avons accepté que nos retrouvailles aient lieu dans une maison, à l'abri des regards. Cette maison a été louée par la société de production de Julien Courbet. Je lui ai promis de venir sur le plateau de son émission. Ce sera ma première apparition publique d'homme libre. Je lui dois bien ça, après avoir bénéficié du formidable travail d'enquête de ses journalistes. Avant de me rendre à Paris pour cette émission, je passerai deux jours dans cette villa, avec ma famille, paisiblement.

Pour l'instant, j'entends des cris de joie. Ils proviennent de la salle des pas perdus dont nous sommes pourtant séparés par deux énormes portes en bois. Des bruits de pétards me parviennent. Ce sont les membres de mon comité de soutien qui, à l'extérieur du palais, célèbrent ma victoire. Leur victoire. Dans la salle, la foule m'entoure, me presse. Des gens que je ne connais pas pleurent de joie, comme si mon cas les concernait intimement. Même les policiers qui m'ont escorté me félicitent. C'est fou ! Je ne suis pas préparé à cela, à cet élan de sympathie. On a fait si longtemps de moi un épouvantail. J'ai appris à éviter les autres, à être évité par les autres... Je ne parviens pas à communier avec ces gens qui m'ont soutenu, à l'extérieur, et se réjouissent du verdict. Personne n'est en mesure de comprendre ce que j'éprouve : être libre, après quinze ans de prison. Toute ma jeunesse. Impossible de réagir « normalement ». Le soulagement n'efface pas les traumatismes, les terreurs, les affronts, les humiliations... Tout va trop vite, je suis sans réaction. J'ai besoin de temps pour mesurer l'importance de ce que je vis. Je voudrais être seul, disposer de quelques instants de paix pour faire le point... Mais je suis emporté comme dans un tourbillon. Je ne sais que faire, où aller. Je me laisse conduire.

***

À 21 heures, alors que mes parents, mon frère et les membres du comité de soutien partent au restaurant, mes avocats m'accompagnent à la maison d'arrêt de Saint-Paul, pour que je récupère mes affaires. Au greffe, lorsque je signe mon papier de sortie, je réalise enfin ce qui m'arrive. Mes dernières minutes en prison ! Cette nuit je ne dormirai pas en cellule, et je n'y remettrai jamais les pieds ! C'est un sentiment affolant. Dehors, la vie m'attend. La vraie vie ! Je ne sais même pas ce que ça veut dire. Le monde extérieur m'est totalement étranger. À commencer par l'argent : dans l'enveloppe contenant mon pécule, je découvre... des euros ! Je n'en ai jamais eu en main. On dirait des billets de Monopoly. Et moi je me fais l'effet d'un extraterrestre fraîchement débarqué ici-bas. Ma réaction de surprise fait sourire les gardiens. J'imagine que ce n'est qu'un début. Je vais sans doute provoquer l'hilarité du matin au soir. Tant de choses ont changé depuis qu'on m'a enfermé. Je vais m'étonner de tout, commettre des gaffes, des bourdes... Avec un téléphone portable, je suis comme une poule devant un couteau. Les téléphones portables sont formellement interdits en prison.

Les formalités accomplies, escorté par mes deux avocats – ça me change des policiers –, je me dirige vers la sortie. Le directeur de la prison nous ouvre le chemin. Je franchis plusieurs portes, des étapes vers la liberté. Je m'approche d'elle, je le sens... Elle m'apparaît comme une entité dans laquelle je vais me fondre. Un moment fort, si fort que je ne peux plus rien dire. Je vis sans doute les minutes les plus intenses de toute mon existence. Je n'ai pas marché dans une rue depuis quinze ans. À l'air libre ! L'expression prend soudain un sens étrange. Vais-je supporter ce qui va emplir mes poumons ?

Mes avocats me préviennent de ce qui m'attend réellement à l'extérieur : des journalistes, en très grand nombre, sont là pour recueillir mes premières impressions. Ma libération est le principal événement du jour. À cet instant, paraît-il, la France entière ne parle que de moi. Avant de franchir la dernière porte, je m'arrête. Le bruit qui vient du dehors m'inquiète. Des cris, des coups de klaxon, des ronflements de moteur... Mais qu'est-ce qui se passe ?

– Attention, Patrick, dit Me Florand. Il y a tellement de monde dehors qu'ils ont fait venir un car de C.R.S. pour éviter la bousculade. Reste vigilant. Ne te laisse pas déborder.

Je sens monter la panique.

– Ils vont me questionner... Qu'est-ce que je vais leur dire ? Je ne sais pas parler aux journalistes.

– Sois naturel. Réponds normalement à leurs questions. Elles seront simples.

– Pour vous, peut-être, mais pas pour moi... J'ai peur, Maître.

– Je vais rester près de toi. Si ça ne va pas, j'interviendrai.

Le directeur de la prison adresse un signe de la main au gardien posté dans le kiosque de contrôle. Ce dernier presse un bouton. Le voyant de la porte passe au vert... Mon cœur bat très vite. J'ai l'impression qu'on me broie les entrailles. Je suis pris d'une trouille formidable... Et la porte s'ouvre.

C'est un cauchemar. J'ai l'impression qu'une horde de barbares se précipite vers moi. Me Florand me précède. Me Becker me prend par le cou. La main levée, je me protège le visage. Les flashes m'aveuglent. Une centaine de journalistes se pressent autour de nous. Ils se bousculent, s'insultent... Je n'imaginais pas cela pour ma libération. Dans ma tête, c'était plus calme, plus doux. J'ai envie de me sauver en courant ! Les micros se tendent et les questions fusent. J'essaie de répondre, tant bien que mal.

– Monsieur Dils, est-ce que vous êtes content de recouvrer la liberté ?

– Bien sûr, que je suis content !

– Monsieur Dils, qu'est-ce que ça fait de redevenir

Monsieur Tout-le-Monde après quinze ans de prison, trois procès et toutes ces galères ?

– Je me sens très fatigué. Mais je suis heureux.

Bon sang ! Me Florand avait raison : ce n'est pas très compliqué. C'est même un peu stupide. Qui cela peut-il intéresser ? Et ça continue : « Monsieur Dils, quelles sont vos premières impressions ?... Comment vous sentez-vous après quinze ans de détention ? Monsieur Dils ! Monsieur Dils ! Monsieur Dils !... »

Je réponds du tac au tac. Un rythme infernal ! Je n'ai pas le temps de réfléchir une demi-seconde.

– Monsieur Dils ! Qu'est-ce que vous allez faire, maintenant ?

– Je vais aller embrasser mon père, ma mère et mon frère. Ce sont eux qui m'ont le plus manqué. J'ai hâte de me retrouver dans l'intimité avec eux.

– Monsieur Dils, comment avez-vous vécu ce troisième procès ? Ce qui vient de se passer est historique !

– Mal. Un procès d'assises, quand on est accusé alors qu'on est innocent, ce n'est pas une partie de plaisir. Je dois cette fin heureuse à mes conseils, présents à mes côtés. Je suis satisfait que la justice ait enfin reconnu son erreur. Même après quinze ans...

Je n'en peux plus. Ça fait plus d'une demi-heure que ça dure. J'ai l'impression que je vais me noyer. Je fais un signe à mes avocats pour qu'ils mettent un terme à cette scène. Alors mes conseils s'interposent :

– Stop ! Patrick Dils est épuisé ! Il faut laisser à notre client quelques jours de tranquillité. On est mercredi, il est plus de minuit, vous pourrez l'interroger de nouveau lundi matin.

– Pour d'autres interviews, appelez mon cabinet et nous prendrons rendez-vous, ajoute Me Florand. Je vous remercie de votre compréhension.

Entouré par les C.R.S., je suis entraîné vers une voiture. La portière s'ouvre. Je m'engouffre à l'intérieur. Le chauffeur se tourne vers moi et me sourit.

– Accrochez-vous, monsieur Dils, ça va être sportif !

Je ne comprends pas ce qu'il veut dire, mais j'obéis... Dès qu'il démarre, je me félicite d'avoir suivi son conseil. C'est la course ! Les journalistes ne se déclarent pas vaincus : ils sont décidés à nous suivre pour repérer la maison où je dois retrouver ma famille. Des voitures et des motos s'élancent derrière nous.

La course-poursuite s'engage. Le chauffeur est un virtuose et sème nos poursuivants. Une demi-heure plus tard, nous atteignons la maison louée pour la circonstance. Il fait nuit noire, mais je la trouve jolie. Me Florand descend de voiture. Je l'imite, j'ai le trac... Je vais entrer pour la première fois depuis longtemps dans un bâtiment qui n'est ni un tribunal ni une prison. Il va falloir que je m'habitue aux nouveautés, sinon je vais rester bouche bée du matin au soir. Moi qui déteste plonger dans l'inconnu...

Le chauffeur est descendu à son tour, il nous précède et va ouvrir la porte. Me Florand m'entraîne. J'avance... Je vois une lumière. J'ai le frisson et j'oublie tout de cette journée, le procès, le verdict, le passage à la prison, les journalistes... Le moment que j'attendais depuis quinze ans arrive. Je l'espérais déjà lors de ma garde à vue, quand Varlet m'interrogeait. Je l'ai souhaité mille et mille fois depuis. Cet espoir m'a donné le courage de me battre et la force de tenir... J'entre. Et ils sont là ! Maman, papa, mon frère Alain... Ils sont là ! Rien entre nous. Pas de fouille avant que je les approche. Pas de gardien pour nous espionner ni frapper à la vitre... Ils sont alignés, tous les trois, et m'attendent. J'ai l'impression qu'ils m'ont attendu, comme ça, tous les trois, depuis des années. J'hésite une fraction de seconde, parce que, dès que je vais bouger, je vais briser un tas de choses établies depuis quinze ans. C'était notre vie. Insoutenable, mais notre vie tout de même. C'est à moi d'effacer cela...

– Fin du cauchemar ! s'écrie Me Florand.

***

C'est comme le coup de feu donnant le départ d'une course. Je me précipite vers les miens et je me jette dans les bras de ma mère. Je la serre contre ma poitrine, puis j'attire vers nous mon père et mon frère. Je n'arrête pas de répéter :

– C'est terminé... C'est terminé...

Nous nous étreignons, nous nous regardons. Des tapes sur les épaules, des larmes, des mains qui se cherchent... Nous n'y croyons pas encore, nous nous rassurons. À cet instant, c'est Alain qui m'émeut le plus. Nous nous sommes si peu vus et nous nous aimons tant, malgré tout. La prison n'a pas brisé notre famille, elle n'a même pas réussi à m'éloigner de mon petit frère. On a tenu le coup, bon sang ! On a tenu !

– Ça y est, Patrick, murmure mon père. Tu es libre... On a gagné, tu es libre... Ça y est...

Ce ne sont pas de vrais mots, de vraies phrases. C'est le cœur qui respire, l'émotion qui s'échappe.

Quelques instants plus tard, j'aperçois une silhouette dans la pièce voisine. Celle d'une grande jeune femme brune. Elle approche discrètement. Elle a l'air gêné. Elle a sans doute peur de nous déranger et craint que je ne la reconnaisse pas. Je lui souris.

– Bonjour, Karen.

Elle est la seule personne « étrangère », avec les membres de son équipe de tournage et les gardes du corps – indispensables, hélas ! –, dont nous avons toléré la présence. Elle lève sa coupe de champagne pour me saluer.

– Je t'avais promis qu'on fêterait cela ensemble, dit-elle. Alors je picole !

Nous nous embrassons comme si nous nous connaissions depuis toujours. Il s'est créé une étrange complicité entre les gens qui m'ont aidé et moi. Il y a quelques mois, je me serais contenté de prendre la main de Karen, et encore, si elle me l'avait tendue.

– L'horreur est derrière toi, Patrick, dit-elle. La moitié de ta vie a été gâchée, j'espère qu'à l'avenir tu ne connaîtras que du concentré de bonheur.

– Merci pour ce que tu as fait.

– Tu sais, quand j'ai commencé à suivre ton affaire, c'était un boulot, sans plus. Ensuite... c'est devenu très personnel.

Je suis content que le courant passe entre nous. J'aurais été déçu que nous n'éprouvions pas de sympathie l'un pour l'autre.

Je cherche des yeux Me Becker. Il semble qu'il n'ait pas

été convié à la fête. J'ignore pourquoi, mais il me manque...

Ni Karen, ni son équipe, ni Me Florand ne restent très longtemps. Ils tiennent à nous laisser vivre pleinement ces retrouvailles, même s'il est déjà très tard et que les émotions de la journée nous ont épuisés. Seuls restent les gardes du corps – tous charmants et d'une grande discrétion – auxquels mon avocat laisse des consignes strictes : n'ouvrir à personne, être exceptionnellement vigilant quand moi ou un membre de ma famille sort dans le jardin, etc. Tout le monde craint le geste de folie d'un déséquilibré. Un fou qui, me croyant coupable, veuille « venger » le monde en m'abattant. Dans ce domaine, je suis aguerri : des fous criminels persuadés de ma culpabilité, j'en ai croisé des dizaines en prison. J'ai survécu. Mais, pour être honnête, je suis tout de même rassuré par la présence de ces agents de sécurité. Je ne supporterais pas qu'il arrive quelque chose aux miens.

En attendant, ce sont nos gardes du corps qui prennent en charge notre repas. Ils dressent la table et apportent les plats préparés. Pizza ! Il y a de la pizza !... C'est un immense plaisir pour moi, non seulement parce que j'en ai envie depuis longtemps, mais surtout parce qu'on m'a écouté. On s'est souvenu. On ne méprise pas mes plus petits désirs... J'ai le sentiment de redevenir vivant, un être humain à part entière. Bizarre, non, qu'une pizza puisse rendre une part de sa dignité à un homme ?

Nous nous mettons à table... Et là, c'est magique. Je vis ma première vraie sensation de bonheur. Pendant ces quinze ans, j'ai vu mes parents et mon frère, je les ai touchés, je leur ai parlé. Mais ça, non ! Cela nous était interdit : à table, ensemble. Comme il y a longtemps. Comme « avant »...

Nous mangeons et nous ne parlons presque pas. Des banalités seulement. Et c'est bien ça le meilleur. Nous dînons normalement, comme une famille normale. Dieu que c'est bon ! On ne s'est pas battus pour quelque chose d'illusoire. Les Dils sont heureux ensemble. C'est simple, banal et magnifique à la fois. Personne ne peut y assister, bien sûr, ni en juger, puisque cette scène ne peut se dérouler que dans l'intimité. Mais je jure que tous les efforts déployés pour me rendre justice ont été récompensés à ce moment-là.

Je m'autorise même à boire du vin. Pas l'ignoble piquette que nous fabriquions clandestinement en taule et qui m'a coûté un séjour au mitard. Non, cette fois il s'agit de bons crus que je déguste en prenant garde à ne pas perdre ma lucidité. Surtout ne pas gâcher ces retrouvailles. Le comble, ce serait de se coucher ivre et de ne plus se souvenir de ce qui s'est passé ! Je suis gai, pas plus. Seulement de la douceur, de la tendresse, de la complicité et beaucoup d'amour. C'est le plus beau repas de ma vie.

Après le dessert, mes parents, très fatigués, montent aussitôt se coucher. J'en ferais bien fait autant. Dormir sous le même toit qu'eux, j'en rêve depuis 1987 ! Mais je n'ai pas sommeil. Trop nerveux. Les événements s'enchaînent trop vite pour que je les assimile. En prison, on vit selon une espèce de rituel. On sait ce qui va se passer d'heure en heure, jour après jour. Peu ou pas de surprise. À force, la moindre nouveauté effraie le détenu, même si elle excite son intérêt ou sa curiosité. Moi qui suis déjà casanier, peu enclin à l'aventure, je sors du monotone absolu pour être propulsé dans l'extraordinaire. Si extraordinaire que ça mobilise toute la presse française... Il me faut du temps. Et de l'air !

Je sors dans le jardin pour respirer. Je lève la tête. Au-dessus de moi, le ciel. Rien qui s'interpose. Un ciel étoilé ! C'est si beau que je déplie une chaise longue pour m'installer sur la pelouse et contempler les étoiles. On est au printemps. Il fait doux. Aucun bruit... Je suis bien. Je sens que je redécouvre la paix, petit à petit. Je pense à ces retrouvailles délicieuses. Comment avons-nous fait pour rester si calmes, dans ce chaos ? Comment avons-nous tout de suite réinstallé l'harmonie ? Il faut croire que les Dils sont plus solides qu'on ne l'imaginait...

Soudain, comme je le faisais parfois dans ma cellule quand j'étais seul, je me surprends à me parler à moi-même, à haute voix. Dans ces cas-là, je fais les questions et les réponses. Pour tromper l'angoisse de l'enfermement, nombre de détenus font de même.

– Tu es libre, Patrick ! Tu réalises ce qui t'arrive ?

– Oui... Après trois procès, une perpétuité, plus une nouvelle condamnation de vingt-cinq ans et toutes les atrocités dites sur moi, je suis là.

– Ce soir tu n'es plus coupable de rien. Tu ne l'as jamais été, mais ce soir tout le monde le sait.

– Oui. Reconnu innocent. On m'a rendu mon honneur et celui de mes parents.

– Tu réalises vraiment ?

– Pas vraiment, pour être franc.

Si quelqu'un m'entend, il doit me croire fou. Tant pis, je continue. Ça m'aide à faire le point.

– Tu n'as pas peur de t'endormir et de te réveiller dans ta cellule ?

– Si, bien sûr... Et si c'était un rêve ?

– Tu sais bien que c'est la réalité.

– Comment fait-on pour en être sûr ?... Quand on m'a mis en prison, j'ai eu l'impression de vivre un cauchemar. Je croyais que cet enfer s'effacerait quand j'ouvrirais les yeux. Et puis...

– Et puis ça a duré longtemps, longtemps... Tu crois que tu vas oublier, un jour ?

– Non. Jamais... Jamais ! C'est tatoué. Pas sur ma peau, mais à l'intérieur de moi et ça ne s'effacera pas.

– Alors, comment vas-tu faire pour vivre, dehors ?

– Je ne sais pas... J'ai tenu le coup en prison, alors je vais me débrouiller aussi.

– Tu as peur ?

– Oui, j'ai peur... Je suis heureux, mais j'ai la frousse.

– Il y a des gens sur qui tu peux compter.

– Ça, oui ! Papa, maman et Alain, d'abord. Et puis mes avocats. Me Becker est devenu mon ami, presque un père, depuis le temps. Me Florand s'est démené de façon magistrale. Et puis des gens comme Papy, comme Karen... Les gens bien, ça existe. Je l'ai appris en prison.

– Tu crois que ça va suffire ?

– Non... Il va falloir que j'aie du courage. Que je fasse mes preuves, dans le travail et puis aussi dans ma vie personnelle...

– Patrick ?

Je sursaute sur ma chaise longue. Ce n'est pas moi qui ai prononcé mon prénom. Je tourne la tête. Alain est là.

– Tu ne crois pas qu'on devrait aller se coucher, Patrick ?

Je lui souris, puis j'acquiesce. Nous montons prendre du repos. J'essaie, du moins... Mais je ne parviens pas à fermer l'œil. Malgré la fatigue, rien à faire. Peu importe, j'ai toute la vie pour me reposer.

Je n'ai pas dormi. J'ai continué à me parler à moi-même, mais pas à voix haute. Je me suis contenté de remuer les lèvres. Dans ce dialogue intérieur, un mot est revenu souvent. Cent fois, mille fois répété :

– Liberté... Liberté... Liberté...

– 10 –

DE L'OMBRE À LA LUMIÈRE... DE LA LUMIÈRE À L'OMBRE

Une bouteille d'eau est posée à mes pieds. Je risque d'avoir la gorge sèche. Je suis maquillé et je porte des vêtements neufs – chemise mauve et jean noir –, sobres mais gais. J'attends, j'ai un trac monstre. Quelques minutes auparavant, on m'a offert une coupe de champagne et des fraises, mon fruit préféré ! Une voix tombe du plafond :

– Moteur dans deux minutes !

Je déglutis difficilement. Deux minutes seulement avant de me jeter à l'eau... Il est 20 heures, ce vendredi 26 avril 2002, dans les studios de télé de la Plaine Saint-Denis. L'enregistrement de l'émission « Sans Aucun Doute, spéciale Patrick Dils » va commencer.

J'ai la trouille, mais je ne veux pas craquer ! D'abord parce que, dès avant le procès de Reims, j'ai donné ma parole à Karen et à Julien Courbet de paraître sur leur plateau. Contrairement à ce que de mauvaises langues prétendent, je ne suis ni leur « prisonnier » – quel humour ! – ni un « vendu ». Je ne vais pas recevoir « un million de francs » comme cela se chuchote. D'ailleurs je n'ai pas réclamé un sou. La production donnera néanmoins cent mille francs. Sincèrement, je pense que j'aurais même pu ne pas honorer ma promesse si je n'étais poussé par une motivation profonde. Ni Karen ni Julien Courbet ne m'en auraient voulu si j'avais finalement annulé en leur disant : « C'est trop dur pour moi. » Si je suis là, c'est parce que je veux dire à tout le monde que je suis innocent et que j'ai été la victime d'une erreur judiciaire. Je veux le dire moi-même, haut et fort !

– Une minute !

Une dernière fois, je regarde autour de moi... Pour échapper à l'œil de la caméra installée juste en face. Ce soir le public, une vingtaine de personnes, n'est composé que de proches de la production et de membres de leur famille, pour des raisons de sécurité évidentes. Julien Courbet n'a pas voulu prendre de risques. Mes parents et mon frère sont là, bien sûr, ainsi que mes défenseurs. Il a fallu beaucoup de courage à papa et maman pour venir, même s'ils se sont déjà rendus sur ce plateau. Ce n'est pas leur monde. Ils sont mal à l'aise. Mais ils ont voulu me soutenir, comme toujours. Ils semblent tout fiers de mon « look ». Je suis sûrement méconnaissable pour les détenus qui m'ont côtoyé à Toul ! Ceux qui m'ont aidé à me préparer ont accompli un tour de magie. Pourtant, je suis si grand, si maigre. Tout est trop court ou trop large. Mais, finalement, le résultat est bon. Pour moi, c'est une leçon : je peux être présentable « comme tout le monde », et ne pas avoir honte de mon physique. Mon frère me fait des clins d'œil. Derrière les caméras, Karen m'adresse de petits gestes d'encouragement. Même Julien Courbet est venu me rassurer avant de se rendre sur le plateau. Il a fait en sorte que l'émission soit enregistrée et non en direct, pour que je puisse l'interrompre quand je le souhaite, en cas de fatigue ou si l'émotion me submerge... N'empêche, c'est impressionnant.

– Générique !

C'est parti ! Présentation de l'émission, premier sujet : le reportage de Karen sur mes premières heures de liberté, mes retrouvailles avec mes parents... J'ai déjà les larmes aux yeux. Mais je me ressaisis. Je ne veux pas flancher ! Il faut que je parle, j'en ai besoin. Et plus que ça : c'est un devoir. À présent, il n'est pas seulement utile pour moi que tout le monde sache. Tout le monde « doit » savoir, pour qu'il n'y ait plus jamais d'affaire semblable. Personne d'autre que moi ne peut faire ce témoignage.

Et je l'ai fait. Plutôt bien, paraît-il, pendant plus de deux heures et demie, entre trois reportages d'une vingtaine de minutes environ. Au fur et à mesure je me suis détendu et tout s'est bien passé. On avait donné de moi l'image d'un gamin attardé incapable d'aligner deux phrases cohérentes, et j'ai prouvé le contraire. Mon histoire a été relatée de façon que tout le monde la comprenne. J'ai pu raconter l'horreur de la détention, la terrible épreuve des procès... Et je sais que j'ai étonné beaucoup de monde quand j'ai dit que je ne nourrissais de haine envers personne. Difficile à croire, mais c'est la vérité. Je n'ai pas été coupé, jamais censuré. J'ai tenu le coup et l'émission a pu être diffusée dans son intégralité.

Cette « spéciale » a beaucoup fait parler. Dès le lendemain et pendant les quinze jours de mon séjour parisien, soutenu par Me Florand, j'ai participé à de nombreuses interviews et répondu aux mêmes questions. J'ai compris que mon affaire faisait peur, parce qu'elle est exceptionnelle, mais qu'elle peut aussi arriver à n'importe qui, n'importe quand. Et toute le monde s'interroge : « Comment tient-on ? », « comment réagit-on ? », « comment fait-on pour garder espoir aussi longtemps ? »... On a commencé à dire de moi, le « faible », que j'étais très « fort ». Un comble ! Ce n'est pas vrai. J'étais coincé, la force n'a rien à voir là-dedans.

Très vite, ces entretiens à répétition m'ont irrité, épuisé. Mais Me Florand a su me convaincre qu'il était important de continuer à témoigner, notamment pour ceux qui, victimes comme moi d'une erreur judiciaire, sont encore en prison. Alors j'ai continué, en ayant l'impression de me transformer en automate, en distributeur de réponses adéquates.

Évidemment j'aurais mauvaise grâce de me plaindre que tant de journalistes se soient penchés sur ma « réhabilitation ». Après avoir subi tant de calomnies, je ne peux au contraire que les remercier d'avoir contribué à propager la nouvelle de mon innocence. Je serais bien ingrat, aussi, de faire la fine bouche devant toutes les attentions dont j'ai été l'objet, même si ce vedettariat subit m'a totalement déboussolé.

Pourtant Dieu sait si l'on s'est bien occupé de moi ! On m'a parlé, on m'a traité avec politesse, gentillesse, cordialité. J'ai été complètement pris en charge. Du petit déjeuner à la nuit d'hôtel. J'ai eu la joie de visiter Paris que je ne connaissais pas. Et dans des conditions très agréables. J'ai été invité dans de bons restaurants ; des soirées ont été organisées en mon honneur... J'ai même dansé dans une des boîtes de nuit les plus branchées de la capitale. J'ai été éberlué, amusé, effrayé, gêné. Mais je ne peux pas dire que ça m'ait plu. Une idée s'est mise à me trotter dans la tête : moins d'un mois auparavant, on me mettait encore à poil pour me fouiller avant de me laisser entrer dans un pauvre parloir de prison et, soudain, on m'accueille avec un sourire et une coupe de champagne. Quelque chose ne colle pas.

Un peu de temps a passé avant que je ne découvre ce qui m'embarrassait tant et j'ai encore connu des moments étonnants. Mais, un matin, je me suis rendu compte que cette « célébrité » ne m'allait pas. Ce n'était pas là la liberté à laquelle j'aspirais. Bon sang, je ne sortais pas de « Loft Story », mais de prison ! Certains passent leur vie à rêver de notoriété, pas moi. Je ne me suis pas laissé enfermer volontairement dans une fausse taule médiatique pour qu'on me reconnaisse dans la rue ! Je n'ai pas fait de cinéma, pas de show-biz. J'ai vécu un drame. Mes parents ont vécu un drame. Les Dils, des gens simples qui travaillent dur pour mener une vie ordinaire, ont été entraînés malgré eux dans une tragédie. Je ne vais pas utiliser cette tragédie pour devenir une star ! Ma renommée, je la dois au fait que je suis une victime. Et qu'au départ de cette sombre affaire il y a deux enfants morts, Cyril et Alexandre, massacrés par un sauvage. Ça n'a rien à voir avec les paillettes, la fête... Question de décence.

C'est en pensant aux enfants que j'ai compris : j'ai hérité d'un lourd fardeau. La prison, la violence, l'humiliation, l'injustice, les années volées... Je suis convaincu que ce fardeau s'allégera avec le temps, un travail, l'amour, le soleil, le vent... Mais je sens qu'il restera toujours une part de ce fardeau sur mes épaules tant que le tueur de Montigny ne sera pas démasqué. Tant qu'il subsistera le moindre doute sur son identité. Tant qu'on n'aura pas rendu justice à Cyril et Alexandre. Justice à leur parents et à leurs proches qui souffrent sans pouvoir faire leur deuil. Eux ne sont pas libres. Et tant qu'ils ne le seront pas, je ne le serai pas non plus complètement.

Pour l'heure, il me faut donc repartir de zéro, mais avec mon fardeau. Et réapprendre à vivre. Or ce n'est pas si simple ! Personne ne peut deviner le désarroi dans lequel on se trouve quand on est entré en prison à seize ans et qu'on en sort quinze ans plus tard. Derrière les barreaux on crève de désespoir, sans doute, mais on est aussi privé de toute initiative. On vous réveille, on vous apporte le café, on sait quand il faut aller se laver, travailler, manger, dormir, même si vous vous faites tabasser ou violer dans les intervalles. Dehors, il faut tout organiser. Les premiers temps, aller faire mes provisions dans un supermarché relevait pour moi d'une expédition antarctique ! Et marcher dans la foule, subir le stress généralisé, la vitesse, les bousculades ! J'ai été soulagé de quitter Paris, j'avais l'impression de déambuler dans un monde de fous, sans compter certains regards. « C'est lui, tu crois que c'est lui ? »

Je veux retrouver l'anonymat. Et juste vivre ce qu'on m'a interdit de vivre pendant quinze ans. Pour l'instant, je m'entraîne. J'ai de « grandes » choses à accomplir. Je mets des guillemets, parce qu'elles sont minuscules pour les gens normaux. Parce qu'elles sont si quotidiennes qu'elles en deviennent banales, voire barbantes. La première : m'insérer dans la société, travailler, assumer mes besoins, gagner de l'argent, payer des impôts, tenir mes comptes, régler les factures de gaz et d'électricité... Je rêve d'un emploi de cuisinier ou, mieux encore, d'un petit restaurant qui m'appartienne. Une maison dans un coin tranquille pas trop loin de chez mes parents.

Ensuite, je veux devenir un homme digne, qui marche la tête haute, qui tient la main de ses enfants dans la rue et sourit à sa femme... Je veux trouver l'amour, le respect. Pour que j'y parvienne, il faudra que le souvenir des viols que j'ai subis cesse de me torturer. Écrire ces pages m'a aidé, mais pas « guéri ». J'ai l'ambition de regarder, une nuit, dormir près de moi la femme que j'aimerai. Je veux écouter la respiration d'un bébé, sentir son odeur. J'ai envie de pleurer de bonheur.

J'aurais aimé avoir vraiment vingt ans pour découvrir l'existence. Les premières amours, les fiestas entre potes, les prémices de l'indépendance... Ce sont des années qui ne se retrouvent pas. Je ne les ai pas vécues et ne les vivrai jamais, c'est trop tard. Je dois commencer mon existence là où j'en suis, à trente et un ans, avec mon passé. Je veux qu'en me voyant dans ma rue on dise non pas « tu crois que c'est lui ? » mais « c'est quelqu'un de bien ! ». Je le souhaite d'abord pour moi, mais aussi pour mon père, ma mère, mon frère et tous ceux qui m'ont soutenu. J'ai envie qu'ils soient fiers de moi et fiers d'avoir pris ma défense, qu'ils soient heureux de m'avoir arraché à l'enfer. Il faut que nous en tirions tous une joie.

Cette tâche-là, c'est la mienne. Personne ne pourra la mener à bien à ma place. J'aurai besoin d'aide, bien sûr. Mais ça ne me fait pas peur, parce que je sais qu'au fond du gouffre il y a toujours une main qui se tend et qu'il ne faut pas hésiter à la saisir. Il ne faut jamais désespérer des hommes, même quand certains d'entre eux nous blessent, nous briment, nous humilient. C'est peut-être la seule leçon que j'aimerais qu'on tire de ce livre. Merci à ceux qui ont eu confiance en ma parole. Merci à ceux qui ont le courage de réviser leur jugement.

J'étais dans l'ombre et on m'a jeté dans la lumière. Je vais quitter la lumière pour rentrer dans l'ombre. Et faire ma vie.

TABLE DES MATIÈRES

Direction littéraire
Huguette Maure et Marc Sich
assistés de
Marie Dreyfuss et Maggy Noël

Composé par P.C.A.
44400 – Rezé

Impression réalisée sur CAMERON par

BRODARD & TAUPIN
GROUPE CPI

La Flèche

pour le compte des Éditions Michel Lafon
en novembre 2002

Imprimé en France
Dépôt légal : novembre 2002
N° d'impression : 16323
ISBN : 2-84098-870-4
LAF 365